Fortunate to Meet You

万幸得以相逢

诗意日常
Poetic Life

徐志摩的诗

Poems by Hsu Chih-mo

徐志摩

著

湖南文艺出版社
HUNAN LITERATURE AND ART PUBLISHING HOUSE.

博集天卷
CS·BOOKY

# 诗歌

卷一

爱

# 诗歌

卷三

美

POETRY

爱

万幸 得
以 相逢

徐志摩的诗

# 年表

1897 年 1 月 15 日，生于海宁硖石。谱名章垿，后改字志摩。

1900 年 进入家塾读书。

1907 年 就读于硖石开智学堂，1909 年毕业。

1910 年 春，入杭州府中（后改为杭州一中）。与郁达夫同学。

1913 年 在校刊发表第一篇文章《论小说与社会之关系》。

1915 年 夏，考入上海沪江大学。秋，与张幼仪结婚。

1916 年 秋，于天津北洋大学法科学习。

1917 年 北洋大学法科并入北京大学。在北京大学继续学习。

1918 年 长子阿欢（徐积锴）出生。8 月，由上海赴美留学，进入克拉克大学社会学系。

1919 年 6 月，毕业于克拉克大学。9 月，进入哥伦比亚大学研究院政治学系。

1920 年 9 月，获哥伦比亚大学硕士学位，论文题为《论中国的妇女地位》。10 月，进入伦敦政治经济学院。冬，张幼仪到伦敦。

1921 年 开始新诗创作。在伦敦认识随父亲林长民游学的林徽因，后因林长民引荐，认识著名学者狄更生。在狄更生的介绍下，进入剑桥大学学习。秋，张幼仪到柏林留学。

1922 年 张幼仪在德国生下次子彼得。3 月，徐志摩与张幼仪协议离婚。7 月，在伦敦拜会曼殊斐儿。秋，离开剑桥大学，年底到达北京。

1923 年 1 月，曼殊斐儿去世，徐志摩作悼念诗《哀曼殊斐儿》。3 月，"新月社"在北京成立。

1924 年 4 月，泰戈尔抵沪访华，徐志摩陪同并做翻译。6 月，随泰戈尔赴日本。作《沙扬娜拉十八首》。秋，任北京大学教授。此间，与陆小曼相识。

1925 年 春，与陆小曼热恋，恋情曝光。3 月，由北京启程赴欧洲旅行（即第二次欧游）。3 月，次子彼得天折于柏林。8 月，自费出版第一本诗集《志摩的诗》。10 月，接编《晨报副刊》。

1926 年 4 月，《晨报副刊·诗镌》创刊，任主编。6 月，散文集《落叶》出版。8 月 14 日，与陆小曼订婚。8 月，开始写日记《眉轩琐语》。10 月 3 日，与陆小曼在北京结婚，梁启超做证婚人。婚后与陆小曼回海宁硖石，年底移居上海。

1927 年 春，与胡适、梁实秋等在上海成立新月书店。4 月，翻译集《英国曼殊斐儿小说集》出版。8 月，散文集《巴黎的鳞爪》出版。9 月，第二本诗集《翡冷翠的一夜》出版。

1928 年 1 月，散文集《自剖》出版。3 月，《新月》月刊创办于上海，成为"新月派"大本营。6 月，进行第三次欧游。8 月，出版删改本《志摩的诗》。

1929 年 下半年，任南京中央大学教授。

1931 年 2 月，经胡适介绍前往北平，任北京大学教授。8 月，第三本诗集《猛虎集》出版。

1931 年 11 月 19 日，在搭乘邮政货机由上海返北平的途中，不幸遇难。

诗歌

万幸得
以相逢

徐志摩的诗

他抱紧的只是绵密的忧愁，

因为美不能在风光中静止；

他要，你已飞度万重的山头，

去更阔大的湖海投射影子！

他在为你消瘦，那一流涧水，

在无能的盼望，盼望你飞回！

云游

那天你翩翩的在空际云游，

自在，轻盈，你本不想停留

在天的那方或地的那角，

你的愉快是无拦阻的逍遥。

你更不经意在卑微的地面

有一流涧水，虽则你的明艳

在过路时点染了他的空灵，

使他惊醒，将你的倩影抱紧。

# 我有一个恋爱

我有一个恋爱，
我爱天上的明星，
我爱他们的晶莹：——
　　人间没有这异样的神明！

在冷峭的暮冬的黄昏，
在寂寞的灰色的清晨，
在海上，在风雨后的山顶：——
　　永远有一颗，万颗的明星！

山涧边小草花的知心，
高楼上小孩童的欢欣，
旅行人的灯亮与南针：——
　　万万里外闪烁的精灵！

我有一个破碎的魂灵，

像一堆破碎的水晶，

散布在荒野的枯草里：——

　　饱啜你一瞬瞬的殷勤。


人生的冰激与柔情，

我也曾尝味，我也曾容忍；

有时阶砌下蟋蟀的秋吟：——

　　引起我心伤，逼迫我泪零。


我袒露我的坦白的胸襟，

　　献爱与一天的明星；

任凭人生是幻是真，

地球存在或是消泯：——

　　大空中永远有不昧的明星！

# 小诗

　　月，我含羞地说，
请你登记我冷热交感的情泪，
　　在你专登泪债的哀情录里；

　　月，我哽咽着说，
请你查一查我年来的滴滴清泪
　　是放新账还是清旧欠呢?

# 她在那里

她不在这里，
　　她在那里：——

她在白云的光明里：
　　在澹远的新月里；

她在怯露的谷莲里：
　　在莲心的露华里；

她在膜拜的童心里：
　　在天真的烂漫里；

她不在这里，
　　她在自然的至粹里！

# 去罢

去罢，人间，去罢！
　　我独立在高山的峰上；
去罢，人间，去罢！
　　我面对着无极的穹苍。

去罢，青年，去罢！
　　与幽谷的香草同埋；
去罢，青年，去罢！
　　悲哀付与暮天的群鸦。

去罢，梦乡，去罢！
　　我把幻景的玉杯摔破；
去罢，梦乡，去罢！
　　我笑受山风与海涛之贺。

去罢，种种，去罢！
　　当前有插天的高峰！
去罢，一切，去罢！
　　当前有无穷的无穷！

# 她是睡着了

她是睡着了——
星光下一朵斜欹的白莲；
　她入梦境了——
香炉里袅起一缕碧螺烟。

　她是眠熟了——
涧泉幽抑了喧响的琴弦；
　她在梦乡了——
粉蝶儿，翠蝶儿，翻飞的欢恋。

　停匀的呼吸：
清芬渗透了她的周遭的清氛；
　有福的清氛，
怀抱着，抚摩着，她纤纤的身形！

　奢侈的光阴！
静，沙沙的尽是闪亮的黄金，

平铺着无垠，
波鳞间轻漾着光艳的小艇。

醉心的光景：
给我披一件彩衣，啜一坛芳醴，
折一支藤花，
舞，在葡萄丛中颠倒，昏迷。

看呀，美丽！
三春的颜色移上了她的香肌，
是玫瑰，是月季，
是朝影里的水仙，鲜妍，芳菲！

梦底的幽秘，
挑逗着她的心——纯洁的灵魂——
像一只蜂儿，
在花心，恣意的唐突——温存。

童真的梦境！

静默，休教惊断了梦神的殷勤；

抽一丝金络，

抽一丝银络，抽一丝晚霞的紫曛；


玉腕与金梭，

织缣似的精审，更番的穿度——

化生了彩霞，

神阙，安琪儿的歌，安琪儿的舞。


可爱的梨涡，

解释了处女的梦境的欢喜，

像一颗露珠，

颤动的，在荷盘中闪耀着晨曦！

# 翡冷翠[①]的一夜

你真的走了，明天？那我，那我，……

你也不用管，迟早有那一天；

你愿意记着我，就记着我，

要不然趁早忘了这世界上

有我，省得想起时空着恼，

只当是一个梦，一个幻想；

只当是前天我们见的残红，

怯怜怜的在风前抖擞，一瓣，

两瓣，落地，叫人踩，变泥……

唉，叫人踩，变泥——变了泥倒干净，

这半死不活的才叫是受罪，

看着寒伧，累赘，叫人白眼——

天呀！你何苦来，你何苦来……

我可忘不了你，那一天你来，

就比如黑暗的前途见了光彩，

你是我的先生，我爱，我的恩人，

① 意大利城市佛罗伦萨的旧译名。

你教给我甚①么是生命，甚么是爱，

你惊醒我的昏迷，偿还我的天真，

没有你我那②知道天是高，草是青？

你摸摸我的心，它这下跳得多快；

再摸我的脸，烧得多焦，亏这夜黑

看不见；爱，我气都喘不过来了，

别亲我了；我受不住这烈火似的活，

这阵子我的灵魂就像是火砖上的

熟铁，在爱的锤子下，砸，砸，火花

四散的飞洒……我晕了，抱着我，

爱，就让我在这儿清静的园内，

闭着眼，死在你的胸前，多美！

头顶白杨树上的风声，沙沙的，

算是我的丧歌，这一阵清风，

橄榄林里吹来的，带着石榴花香，

就带了我的灵魂走，还有那萤火，

①同"什"，后同。
②旧同"哪"，后同。

多情的殷勤的萤火，有他们照路，

我到了那三环洞的桥上再停步，

听你在这儿抱着我半暖的身体，

悲声的叫我，亲我，摇我，咂我；……

我就微笑的再跟着清风走，

随他领着我，天堂，地狱，那儿都成，

反正丢了这可厌的人生，实现这死

在爱里，这爱中心的死，不强如

五百次的投生？……自私，我知道，

可我也管不着……你伴着我死？

什么，不成双就不是完全的"爱死"，

要飞升也得两对翅膀儿打伙，

进了天堂还不一样的要照顾，

我少不了你，你也不能没有我；

要是地狱，我单身去你更不放心，

你说地狱不定比这世界文明

（虽则我不信），像我这娇嫩的花朵，

难保不再遭风暴，不叫雨打，

那时候我喊你，你也听不分明，——

那不是求解脱反投进了泥坑，

倒叫冷眼的鬼串通了冷心的人，

笑我的命运，笑你懦怯的粗心？

这话也有理，那叫我怎么办呢？

活着难，太难，就死也不得自由，

我又不愿你为我牺牲你的前程……

唉！你说还是活着等，等那一天！

有那一天吗？——你在，就是我的信心；

可是天亮你就得走，你真的忍心

丢了我走？我又不能留你，这是命；

但这花，没阳光晒，没甘露浸，

不死也不免瓣尖儿焦萎，多可怜！

你不能忘我，爱，除了在你的心里，

我再没有命；是我听你的话，我等，

等铁树儿开花我也得耐心等；

爱，你永远是我头顶的一颗明星：

要是不幸死了，我就变一个萤火，

在这园里，挨着草根，暗沉沉的飞，
黄昏飞到半夜，半夜飞到天明，
只愿天空不生云，我望得见天，
天上那颗不变的大星，那是你，
但愿你为我多放光明，隔着夜，
隔着天，通着恋爱的灵犀一点……

# 翡冷翠絮语

对一个有创造力的心情来说，孤独能像春风一样引出整个世界里隐藏的色与美；它们都无实质，但每一个都各以独特的方式，带来最强最活的生命气息。

一个沉浸在孤独之宝藏中的心灵，就像一颗棱面绚丽的宝石受到日光的射击。灵魂之奥秘将瞬息激发出含有不能想象的辉光的可见形式。

爱不但激起灵魂创造，也催迫它毁灭；毁灭是创造的绝对形式。

爱促使人们敢于向不可能挑战。

终身之恨，大多（如果不是全部的话）始于懦怯。

仅次于爱的最强烈最丰满的感情是怜。
仅次于自愿牺牲的最圣洁的品质是恕。

真正的宽恕来自心灵之光辉，而它的先决条件是超凡的智能。
一首①光线遇到物件时，首先想透过它。做不到这样时，则满足

① 疑为"一束"。

于让它挡着而把它笼入其怀抱，这样就能把这个不能透光的物质的体积及其确切轮廓精地量出。

凡在一切圣母像中，神灵的生命是靠人类的仁爱这个真谛来传播的。神灵也就是通过人性向凡人作启示。除了在人性中能发现的东西之外，也就没有神灵之为物。"上帝就以自己的形态创造了人。"其实是人就以自己的形态创造了上帝。

悲怆的心灵是有一种生命力的心灵。一个人对悲伤的感受力直接量出他的生长能力。

主呀！难道夜莺歌唱时，狗就必得要吠吗？

猫头鹰毕竟也是一位诗人，一个歌手，即使我们必须承认它十分不高也吧。事实上，就旋律而言，枭鸣比夜莺的热情倾诉更易掌握。枭的失败也就是拙劣的诗人和音乐家的失败，就是说，它把协律原则误认为重复的一致，而协律原则则是旋律之真秘，夜莺就美妙地了解这点。

# 我来扬子江边
# 买一把莲蓬

我来扬子江边买一把莲蓬；

　　手剥一层层莲衣，

　　看江鸥在眼前飞，

　　忍含着一眼悲泪——

我想着你，我想着你，阿小龙！


我尝一尝莲瓤，回味曾经的温存：——

　　那阶前不卷的重帘，

　　掩护着同心的欢恋，

　　我又听着你的盟言，

　"永远是你的，我的身体，我的灵魂。"


我尝一尝莲心，我的心比莲心苦；

　　我长夜里怔忡，

　　挣不开的恶梦，

　　谁知我的苦痛？

你害了我，爱，这日子叫我如何过？

但我不能责你负，我不忍猜你变，

　　我心肠只是一片柔：

　　你是我的！我依旧

　　将你紧紧的抱搂——

除非是天翻——但谁能想象那一天？

# 海边的梦

我独自在海边徘徊，
遥望着天边的霞彩，
我想起了我的爱，
不知她这时候何在？
我在这儿等待——
她为什么不来？
我独自在海边发痴——
沙滩里平添了无数的相思字。

假使他在这儿伴着我，
在这寂寥的海边散步，
海鸥声里，
听私语喁喁，
浅沙滩里，
印交错的脚踪；
我唱一曲海边的恋歌，
爱，你幽幽的低着嗓儿和！

这海边还不是你我的家，

你看那边鲜血似的晚霞；

我们要寻死，

我们交抱着往波心里跳，

绝灭了这皮囊，

好叫你我的恋魂悠久的逍遥。

这时候的新来的双星挂上天堂，

放射着不磨灭的爱的光芒。


夕阳已在沉沉的澹化，

这黄昏的美，

有谁能描画？

莽莽的天涯，

那里是我的家，

那里是我的家？

爱人呀，我这般的想着你，

你那里可也有丝毫的牵挂？

# 情死（Liebstch）

玫瑰，压倒群芳的红玫瑰，昨夜的雷雨，原来是你
　　出世的信号，——真娇贵的丽质！
你的颜色，是我视觉的醇醪；我想走近你，但我
　　又不敢。
青年！几滴白露在你额上，在晨光中吐艳。
你颊上的笑容，定是天上带来的；可惜世界太庸俗，
　　不能供给他们常住的机会。
你的美是你的运命！
你走近来了；你迷醉的色香又征服了一个灵魂——
　　我是你的俘虏！
你在那里微笑！我在这里发抖。
你已经登上了生命的峰极。你向你足下望——
一个无底的深潭！
你站在潭边，我站在你背后，——我，你的俘虏。
我在这里微笑，你在那里发抖。

丽质是运命的运命。
我已经将你禽捉在手内——我爱你，玫瑰！

色，香，肉体，灵魂，美，迷力——尽在我掌握之中。

我在这里发抖，你——笑。

玫瑰！我顾不得你玉碎香销，我爱你！

花瓣，花萼，花蕊，花刺，你，我，——多么痛快啊！——

　　尽胶结在一起；一片狼藉的腥①红，两手模糊的鲜血。

玫瑰，我爱你！

①同"猩"。

# 偶然

我是天空里的一片云，
偶尔投影在你的波心——
　　你不必讶异，
　　更无须欢喜——
在转瞬间消灭了踪影。

你我相逢在黑夜的海上，
你有你的，我有我的，方向；
　　你记得也好，
　　最好你忘掉，
在这交会时互放的光亮！

# 这是一个
# 懦怯的世界

这是一个懦怯的世界，

　　容不得恋爱，容不得恋爱！

披散你的满头发，

赤露你的一双脚；

　　跟着我来，我的恋爱，

抛弃这个世界

殉我们的恋爱！


我拉着你的手，

爱，你跟着我走；

　　听凭荆棘把我们的脚心刺透，

　　听凭冰雹劈破我们的头，

你跟着我走，

我拉着你的手，

　　逃出了牢笼，恢复我们的自由！


　　跟着我来，

　　我的恋爱！

人间已经掉落在我们的后背，——
看呀，这不是白茫茫的大海？
白茫茫的大海，
白茫茫的大海，
　　无边的自由，我与你与恋爱！

顺着我的指头看，
那天边一小星的蓝——
　　那是一座岛，岛上有青草，
　　鲜花，美丽的走兽与飞鸟；
快上这轻快的小艇，
去到那理想的天庭——
　　恋爱，欢欣，自由——辞别了人间，永远！

# 渺小

我仰望群山的苍老，
　　他们不说一句话。
阳光描出我的渺小，
　　小草在我的脚下。

我一人停步在路隅，
　　倾听空谷的松籁；
青天里有白云盘踞——
　　转眼间忽又不在。

# 一个祈祷

请听我悲哽的声音，祈求于我爱的神：
人间那一个的身上，不带些儿创与伤！
那有高洁的灵魂，不经地狱，便登天堂：
我是肉薄过刀山，炮烙，闯度了奈何桥，
方有今日这颗赤裸裸的心，自由高傲！

这颗赤裸裸的心，请收了罢，我的爱神！
因为除了你更无人，给他温慰与生命，
否则，你就将他磨成齑粉，散在西天云，
但他精诚的颜色，却永远点染你春朝的
新思，秋夜的梦境；怜悯罢，我的爱神！

# 再不迟疑

我不辞痛苦，因为我要认识你，上帝；

我甘心，甘心在火焰里存身，

到最后那时辰见我的真，

见我的真，我定了主意，上帝，再不迟疑！

…………


我再不想成仙，蓬莱不是我的分；

我只要这地面，情愿安分的做人。

# 雪花的快乐

假如我是一朵雪花，
翩翩的在半空里潇洒，
　　我一定认清我的方向——
　　飞扬，飞扬，飞扬，——
这地面上有我的方向。

不去那冷寞的幽谷，
不去那凄清的山麓，
　　也不上荒街去惆怅——
　　飞扬，飞扬，飞扬，——
你看我有我的方向！

在半空里娟娟的飞舞，
认明了那清幽的住处，
　　等着她来花园里探望——
　　飞扬，飞扬，飞扬，——

啊，她身上有朱砂梅的清香！

那时我凭借我的身轻，
盈盈的，沾住了她的衣襟，
　　贴近她柔波似的心胸——
　　消溶，消溶，消溶——
溶入了她柔波似的心胸！

# 笑解烦恼结
## —送幼仪

### 一

这烦恼结，是谁家扭得水尖儿难透？

这千缕万缕烦恼结是谁家忍心机织？

这结里多少泪痕血迹，应化沉碧！

忠孝节义——咳，忠孝节义谢你维系

    四千年史髅不绝，

却不过把人道灵魂磨成粉屑，

黄海不潮，昆仑叹息，

四万万生灵，心死神灭，中原鬼泣！

咳，忠孝节义！

### 二

东方晓，到底明复出，

如今这盘糊涂账，

如何清结？

### 三

莫焦急，万事在人为，只消耐心

共解烦恼结。

虽严密，是结，总有丝缕可觅，

莫怨手指儿酸、眼珠儿倦，

可不是抬头已见，快努力！

### 四

如何！毕竟解散，烦恼难结，烦恼苦结。

来，如今放开容颜喜笑，握手相劳；

此去清风白日，自由道风景好。

听身后一片声欢，争道解散了结儿，

消除了烦恼！

# 决断

我的爱：
再不可迟疑；
误不得
这唯一的时机。

天平秤——
在你自己心里，
那头重——
法码①都不用比！

你我的——
那还用着我提？
下了种，
就得完功到底。

生，爱，死——
三连环的迷谜；

① 同 "砝"。

拉动一个，
两个就跟着挤。

老实说，
我不希罕这活，
这皮囊，——
那处不是拘束。

要恋爱，
要自由，要解脱——
这小刀子，
许是你我的天国！

可是不死
就得跑，远远的跑；
谁耐烦
在这猪圈里捞①骚？

① 同"牢"。

险——
不用说，总得冒，
不拼命，
那件事拿得着？

看那星，
多勇猛的光明！
看这夜，
多庄严，多澄清！

走罢，甜，
前途不是暗昧；
多谢天，
从此跳出了轮回！

# 最后的那一天

在春风不再回来的那一年，
在枯枝不再青条的那一天，
　　那时间天空再没有光照，
　　只黑蒙蒙的妖氛弥漫着：
太阳，月亮，星光死去了的空间；

在一切标准推翻的那一天，
在一切价值重估的那时间，
　　暴露在最后审判的威灵中，
　　一切的虚伪与虚荣与虚空：
赤裸裸的灵魂们匍匐在主的跟前；——

我爱，那时间你我再不必张皇，
更不须声诉，辨冤，再不必隐藏，——
　　你我的心，像一朵雪白的并蒂莲，
　　在爱的青梗上秀挺，欢欣，鲜妍，——
在主的跟前，爱是唯一的荣光。

# 恋爱到底
# 是什么一回事

恋爱他到底是什么一回事？——
他来的时候我还不曾出世；
太阳为我照上了二十几个年头，
我只是个孩子，认不识半点愁；
忽然有一天——我又爱又恨那一天——
我心坎里痒齐齐的有些不连牵，
那是我这辈子第一次的上当，
有人说是受伤——你摸摸我的胸膛——
他来的时候我还不曾出世，
恋爱他到底是什么一回事？

这来我变了，一只没笼头的马，
跑遍了荒凉的人生的旷野；
又像是那古时间献璞玉的楚人，
手指着心窝，说这里面有真有真，
你不信时一刀拉破我的心头肉，
看那血淋淋的一掬是玉不是玉；
血！那无情的宰割，我的灵魂！

是谁逼迫我发最后的疑问？

疑问！这回我自己幸喜我的梦醒，
上帝，我没有病，再不来对你呻吟！
我再不想成仙，蓬莱不是我的分；
我只要这地面，情愿安分的做人，——
从此再不问恋爱是什么一回事，
反正他来的时候我还不曾出世！

# 枉然

你枉然用手锁着我的手，
女人，用口嚼住我的口，
枉然用鲜血注入我的心，
火烫的泪珠见证你的真；

迟了！你再不能叫死的复活，
从灰土里唤起原来的神奇：
纵然上帝怜念你的过错，
他也不能拿爱再交给你！

# 不再是
# 我的乖乖

### 一

前天我是一个小孩，

这海滩最是我的爱；

早起的太阳赛如火炉，

趁暖和我来做我的工夫：

检①满一衣兜的贝壳，

在这海砂上起造宫阙；

哦，这浪头来得凶恶，

冲了我得意的建筑——

我喊一声海，海！

你是我小孩儿的乖乖！

### 二

昨天我是一个"情种"

到这海滩上来发疯；

西天的晚霞慢慢的死，

血红变成姜黄，又变紫，

①同"捡"，后同。

一颗星在半空里窥伺，
我匍伏在砂堆里画字，
一个字，一个字，又一个字，
谁说不是我心爱的游戏？
我喊一声海，海！
不许你有一点儿的更改！


三

今天！咳，为什么要有今天？
不比从前，没了我的疯癫，
再没有小孩时的新鲜，
这回再不来这大海的边沿！
头顶不见天光的方便，
海上只暗沉沉的一片，
暗潮侵蚀了砂字的痕迹，
却冲不淡我悲惨的颜色——
我喊一声海，海！
你从此不再是我的乖乖！

# 那一点
# 神明的火焰

又是一个深夜，寂寞的深夜，

　　在山中，

浓雾里不见月影，星光，

　　就只我：

一个冥蒙的黑影，蹀躞的

　　沉思，

沉思的蹀躞，在深夜，在山中，

　　在雾里，

我想着世界，我的身世；懊怅，

　　凄迷，

灭绝的希冀，又在我的心里

　　惊悸，

摇曳，像雾里的草须；她

　　在那里？

啊！她；这深夜，这浓雾，

　　烟没了。

天外的星光与月彩，却

　　遮不住

那一点的光明，永远的，永远的，
　像一星
宝石似的火花，在我灵魂的底里；
　我正愿，
我愿保持这不朽的灵光，直到
　那一天
时间要求我的尘埃；我的心停止了
　跳动，
在时间浩瀚的尘埃里，却还存着
　那一点——
那一点神明的火焰，跳动，光艳，
　不变
　不变！

# 《两尼姑》或
# 《强修行》

一

门前几行竹，
后园树荫毸，
墙苔斑驳日影迟，
清妙静淑白岩庵，

庵里何人居？
修道有女师：
大师正中年，
小师甫二十。

大师昔为大家妇，
夫死誓节作道姑，
小师祝发心悲切，
字郎不幸音尘绝。

彼此同怜运不济，
持斋奉佛山隈里；

花开花落春来去，
庵堂里尽日念阿弥。

佛堂庄洁供大士，
大士微笑手拈花，
春慵画静风日眠，
木鱼声里悟禅机。

禅机悟未得，
凡心犹兀兀；
大师未忘人间世，
小师情孽正放花。

情孽放花不自知，
芳心苦闷说无词；
可怜一对笼中鸟，
尽日呢喃尽日悲。

长尼多方自譬解，
人间春色亦烟花：
筵席大小终须散，
出家岂有再还家。


二

繁星天，明月夜，
春花茂，秋草败，
燕双栖，子规啼，
蝶恋花，蜂收蕊——
自然风色最恼人，
出家人对此浑如醉。


门前竹影疏，
后圃树荫绵，
蒲团氤氲里，
有客来翩翩。

客来慕山色，
随喜偶问庵，
小师出应门，
腮颊起红痕。

红痕印颊亦印心，
小女冠自此懒讽经：
佛缘，
尘缘——
两不可相兼；
枯寂，
生命——
弱俗抑率真？

神气顿恍惚，
清泪湿枕衾，
幼尼亦不言，
长尼亦不问。

三

竹影当婆娑，

树荫犹掩映，

如何白岩庵，

不见修行人？


佛堂佛座尽灰积，

拈花大士亦蒙尘，

子规空啼月，

蜘网布庵门。


疏林发凉风，

荒圃有余薪，

鸦闹斜阳里，

似笑强修行！

# 我是个
# 无依无伴的小孩

我是个无依无伴的小孩，
无意地来到生疏的人间：

我忘了我的生年与生地，
只记从来处的草青日丽；

青草里满泛我活泼的童心，
好鸟常伴我在艳阳中游戏；

我爱啜野花上的白露清鲜，
爱去流涧边照弄我的童颜；

我爱与初生的小鹿儿竞赛，
爱聚砂砾仿造梦里的亭园；

我梦里常游安琪儿的仙府，
白羽的安琪儿，教导我歌舞；

我只晓天公的喜悦与震怒，
从不感人生的痛苦与欢娱；

所以我是个自然的婴孩，
误入了人间峻险的城围；

我骇诧于市街车马之喧扰，
行路人尽戴着忧惨的面罩；

铅般的烟雾迷障我的心府，
在人丛中反感恐惧与寂寥；

啊！此地不见了清涧与青草，
更有谁伴我笑语，疗我饥餇；

我只觉刺痛的冷眼与冷笑，
我足上沾污了沟渠的泞潦；

我忍住两眼热泪，漫步无聊，
漫步着南街北巷，小径长桥；

我走近一家富丽的门前，
门上有金色题篆，两字"慈悲"；

金字的慈悲，令我欢慰，
我便放胆跨进了门槛；

慈悲的门庭寂无声响，
堂上隐隐有阴惨的偶像；

偶像在伸臂，似庄似戏，
真骇我狂奔出慈悲之第；

我神魂惊悸慌张地前行，
转瞬间又面对"快乐之园"；

快乐园的门前，鼓角声喧，
红衣汉在守卫，神色威严；

游服竞鲜艳，如春蝶舞翩跹，
园林里阵阵香风，花枝隐现；

吹来乐音断片，招诱向前，
赤穷孩蹑近了快乐之园！

守门汉霹雳似的一声呼叱，
露出了我骇愧的两行急泪；

我掩面向僻隐处飞驰，
遭罹了快乐边沿的尖刺；

黄昏，荒街上尘埃舞旋，
凉风里有落叶在呜咽；

天地看似墨色螺形的长卷，
有孤身儿在蜘蹰，似退似前；

我仿佛陷落在冰寒的阴锢，
我哭一声我要阳光的暖和！

我想望温柔手掌，偎我心窝，
我想望搂我入怀，纯爱的母；

我悲思正在喷泉似的溢涌，
一闪闪神奇的光，忽耀前路；

光似草际的游萤，乍显乍隐，
又似暑夜的飞星，窜流无定；

神异的精灵！生动了黑夜，
平易了途径，这闪闪的光明；

闪闪的光明，消解了恐惧，
启发了欢欣，这神异的精灵；

昏沉的道上，引导我前进，
一步步离远人间进向天庭；

天庭！在白云深处，白云深处，
有美安琪敛翅羽，安眠未醒；

我亦爱在白云里安眠不醒，
任清风搂抱，明星亲吻殷勤；

光明！我不爱人间，人间难觅
安乐与真情，慈悲与欢欣；

光明，我求祷你引致我上登
天庭，引掣我永住仙神之境；

我即不能上攀天庭，光明，
你也照导我出城围之困；

我是个自然的婴儿，光明知否，
但求回复自然的生活优游；

茂林中有餐不罄的鲜柑野栗，
青草里有享不尽的意趣香柔……

# 我不知道风是
# 在那一个方向吹

我不知道风

是在那一个方向吹——

我是在梦中，

在梦的轻波里依洄。


我不知道风

是在那一个方向吹——

我是在梦中，

她的温存，我的迷醉。


我不知道风

是在那一个方向吹——

我是在梦中，

甜美是梦里的光辉。


我不知道风

是在那一个方向吹——

我是在梦中，

她的负心，我的伤悲。

我不知道风
是在那一个方向吹——
我是在梦中，
在梦的悲哀里心碎！

我不知道风
是在那一个方向吹——
我是在梦中，
黯淡是梦里的光辉。

# 多谢天！我的心
# 又一度的跳荡

多谢天！我的心又一度的跳荡，

这天蓝与海青与明洁的阳光，

驱净了梅雨时期无欢的踪迹，

也散放了我心头的网罗与纽结，

像一朵曼陀罗花英英的露爽，

在空灵与自由中忘却了迷惘：——

迷惘，迷惘！也不知来自何处，

囚禁着我心灵的自然的流露，

可怖的梦魇，黑夜无边的惨酷，

苏醒的盼切，只增剧灵魂的麻木！

曾经有多少的白昼，黄昏，清晨，

嘲讽我这蚕茧似不生产的生存？

也不知有几遭的明月，星群，晴霞，

山岭的高亢与流水的光华……

辜负！辜负自然界叫唤的殷勤，

惊不醒这沉醉的昏迷与顽冥！


如今，多谢这无名的博大的光辉，

在艳色的青波与绿岛间萦洄，
更有那渔船与帆影，亭亭的黏附
在天边，唤起辽远的梦景与梦趣：
我不由的惊悚，我不由的感愧；
（有时微笑的妩媚是启悟的棒槌！）
是何来倏忽的神明，为我解脱
忧愁，新竹似的豁裂了外箨，
透露内里的青篁，又为我洗净
障眼的盲翳，重见宇宙间的欢欣。

这或许是我生命重新的机兆；
大自然的精神！容纳我的祈祷，
容许我的不踌躇的注视，容许
我的热情的献致，容许我保持
这显示的神奇，这现在与此地，
这不可比拟的一切间隔的毁灭！
我更不问我的希望，我的惆怅，
未来与过去只是渺茫的幻想，

更不向人间访问幸福的进门，

只求每时分给我不死的印痕，——

变一颗埃尘，一颗无形的埃尘，

追随着造化的车轮，进行，进行……

# 再不想望
# 高远的天国

我心头平添了一块肉，

这辈子算有了归宿！

 看白云在天际飞，

 听雀儿在枝上啼。

 忍不住感恩的热泪，

我喊一声天，我从此知足！

再不想望高远的天国！

# 深夜

深夜里，街角上，
梦一般的灯芒。

烟雾迷裹着树!
怪得人错走了路?

"你害苦了我——冤家!"
她哭，他——不答话。

晓风轻摇着树尖:
掉了，早秋的红艳。

# 再休怪
# 我的脸沉

不要着恼，乖乖，不要怪嫌

　　我的脸绷得直长，

　　我的脸绷得是长，

可不是对你，对恋爱生厌。

不要凭空往大坑里盲跳：

　　胡猜是一个大坑，

　　这里面坑得死人；

你听我讲，乖，用不着烦恼。

你，我的恋爱，早就不是你：

　　你我早变成一身，

　　呼吸，命运，灵魂——

再没有力量把你我分离。

你我比是桃花接上竹叶，

　　露水合着嘴唇吃，

　　经脉胶成同命丝，

单等春风到开一个满艳。

谁能怀疑他自创的恋爱？
　　天空有星光耿耿，
　　冰雪压不倒青春，
任凭海有时枯，石有时烂！

不是的，乖，不是对爱生厌！
　　你胡猜我也不怪，
　　我的样儿是太难，
反正我得对你深深道歉。

不错，我恼，恼的是我自己：
　　（山怨土堆不够高；
　　河对水私下唠叨。）
恨我自己为甚这不争气。

我的心（我信）比似个浅洼：

跳动着几条泥鳅，

积不住三尺清流。

盼不到天明，映不着彩霞；

又比是个力乏的朝山客；

他望见白云缭绕，

拥护着山远山高，

但他只能在倦废中沉默；

也不是不认识上天威力：

他何尝甘愿绝望，

空对着光阴怅惘——

你到深夜里来听他悲泣！

就说爱，我虽则有了你，爱，

不愁在生命道上，

感受孤立的恐慌，

但天知道我还想住上攀！

恋爱，我要更光明的实现：

　　草堆里一个萤火

　　企慕着天顶星罗：

我要你我的爱高比得天！

我要那洗度灵魂的圣泉，

　　洗掉这皮囊腌臜，

　　解放内里的囚犯，

化一缕轻烟，化一朵青莲。

这，你看，才叫是烦恼自找；

　　从清晨直到黄昏，

　　从天昏又到天明，

活动着我自剖的一把钢刀！

不是自杀，你得认个分明。

　　劈去生活的余渣，

为要生命的精华；
给我勇气，啊，唯一的亲亲！

给我勇气，我要的是力量，
　　快来救我这围城，
　　再休怪我的脸沉，
快来，乖乖，抱住我的思想！

# 两地相思

一

他——

今晚的月亮像她的眉毛，

　　这弯弯的够多俏！

今晚的天空像她的爱情，

　　这蓝蓝的够多深！

那样多是你的，我听她说，

　　你再也不用疑惑；

给你这一团火，她的香唇，

　　还有她更热的腰身！

谁说做人不该多吃点苦？——

　　吃到了底才有数。

这来可苦了她，盼死了我，

　　半年不是容易过！

她这时候，我想，正靠着窗，

　　手托着俊俏脸庞，

在想，一滴泪正挂在腮边，

　　像露珠沾上草尖：

在半忧愁，半欢喜的预计，

　　计算着我的归期；

啊，一颗纯洁的爱我的心，

　　那样的专！那样的真！

还不催快你胯下的牲口，

　　趁月光清水如流，

趁月光清水如流，赶回家

　　去亲你唯一的她！


她——

今晚的月色又使我想起

　　我半年前的昏迷，

那晚我不该喝那三杯酒，

　　添了我一世的愁；

我不该把自由随手给扔，——

　　活该我今儿的闷！

他待我倒真是一片至诚，

　　像竹园里的新笋，

不怕风吹，不怕雨打一样，

　　他还是往上滋长；

他为我吃尽了苦，就为我

　　他今天还在奔波；——

我又没有勇气对他明讲

　　我改变了的心肠！

今晚月儿弓样，到月圆时

　　我，我如何能躲避！

我怕，我爱，这来我真是难，

　　恨不能往地底钻；

可是你，爱，永远有我的心，

　　听凭我是浮是沉；

他来时要抱，我就让他抱，

（这葫芦不破的好），

但每回我让他亲——我的唇，

　　爱，亲的是你的吻！

# 她怕他说出口

（朋友，我懂得那一条骨鲠，

　　难受不是？——难为你的咽喉；）

"看，那草瓣上蹲着一只蚱蜢，

　　那松林里的风声像是箜篌。"


（朋友，我明白，你的眼水里

　　闪动着你的真情的泪晶；）

"看，那一双蝴蝶连翩的飞；

　　你试闻闻这紫兰花馨！"


（朋友，你的心在怦怦的动，

　　我的也不一定是安宁；）

"看，那一对雌雄的双虹！

　　在云天里卖弄着娉婷；"


（这不是玩，还是不出口的好，

　　我顶明白你灵魂里的秘密；）

"那是句致命的话，你得想到，

　　回头你再来追悔那又何必！"


（我不愿你进火焰里去遭罪，

　　就我——就我也不情愿受苦！）

"你看那双虹已经完全破碎；

　　花草里不见了蝴蝶儿飞舞。"


（耐着！美不过这半绽的花蕾；

　　何必再添深这颊上的薄晕？）

"回走吧，天色已是怕人的昏黑，——

　　明儿再来看鱼肚色的朝云！"

# 月夜听琴

是谁家的歌声，
和悲缓的琴音，
星茫下，松影间，
有我独步静听。

音波，颤震的音波，
穿破昏夜的凄清，
幽冥，草尖的鲜露，
动荡了我的灵府。

我听，我听，我听出了
琴情，歌者的深心，
枝头的宿鸟休惊，
我们已心心相印。

休道她的芳心忍，
她为你也曾吞声，
休道她淡漠，冰心里

满蕴着热恋的火星。

记否她临别的神情，
满眼的温柔和酸辛，
你握着她颤动的手——
一把恋爱的神经?

记否你临别的心境，
冰流沦彻你全身，
满腔的抑郁，一海的泪，
可怜不自由的魂灵?

松林中的风声哟!
休扰我同情的倾听;
人海中能有几次
恋潮淹没我的心滨?

那边光明的秋月，

已经脱卸了云衣，
仿佛喜声地笑道：
　"恋爱是人类的生机！"

我多情的伴侣哟！
我羡你蜜甜的爱唇，
却不道黄昏和琴音
聊就了你我的神交？

# 秋月呀

秋月呀!

谁禁得起银指尖儿

浪漫地搔爬呵!

不信但看那一海的轻涛，可不是禁不住

　　它玉指的抚摩，在那里低徊饮泣呢! 就是那

无聊的熏烟，

秋月的美满，

熏暖了飘心冷眼，

也清冷地穿上了轻缟的衣裳，

来参与这

美满的婚姻和丧礼。

# 杜鹃

杜鹃，多情的鸟，他终宵唱：
在夏荫深处，仰望着流云，
飞蛾似围绕月亮的明灯，
星光疏散如海滨的渔火，
甜美的夜在露湛里休憩，
他唱，他唱一声"割麦插禾"——
农夫们在天放晓时惊起。

多情的鹃鸟，他终宵声诉，
是怨，是慕，他心头满是爱，
满是苦，化成缠绵的新歌，
柔情在静夜的怀中颤动；
他唱，口滴着鲜血，斑斑的，
染红露盈盈的草尖，晨光
轻摇着园林的迷梦；他叫，
他叫，他叫一声："我爱哥哥！"

# 月下雷峰影片

我送你一个雷峰塔影，
　　满天稠密的黑云与白云；
我送你一个雷峰塔顶，
　　明月泻影在眠熟的波心。

深深的黑夜，依依的塔影，
　　团团的月彩，纤纤的波鳞——
假如你我荡一支无遮的小艇，
　　假如你我创一个完全的梦境！

寻梦？撑一支长篙，

向青草更青处漫溯，满载一船星辉，

在星辉斑斓里放歌。

但我不能放歌，悄悄是别离的笙箫；

夏虫也为我沉默，沉默是今晚的康桥！

——再别康桥

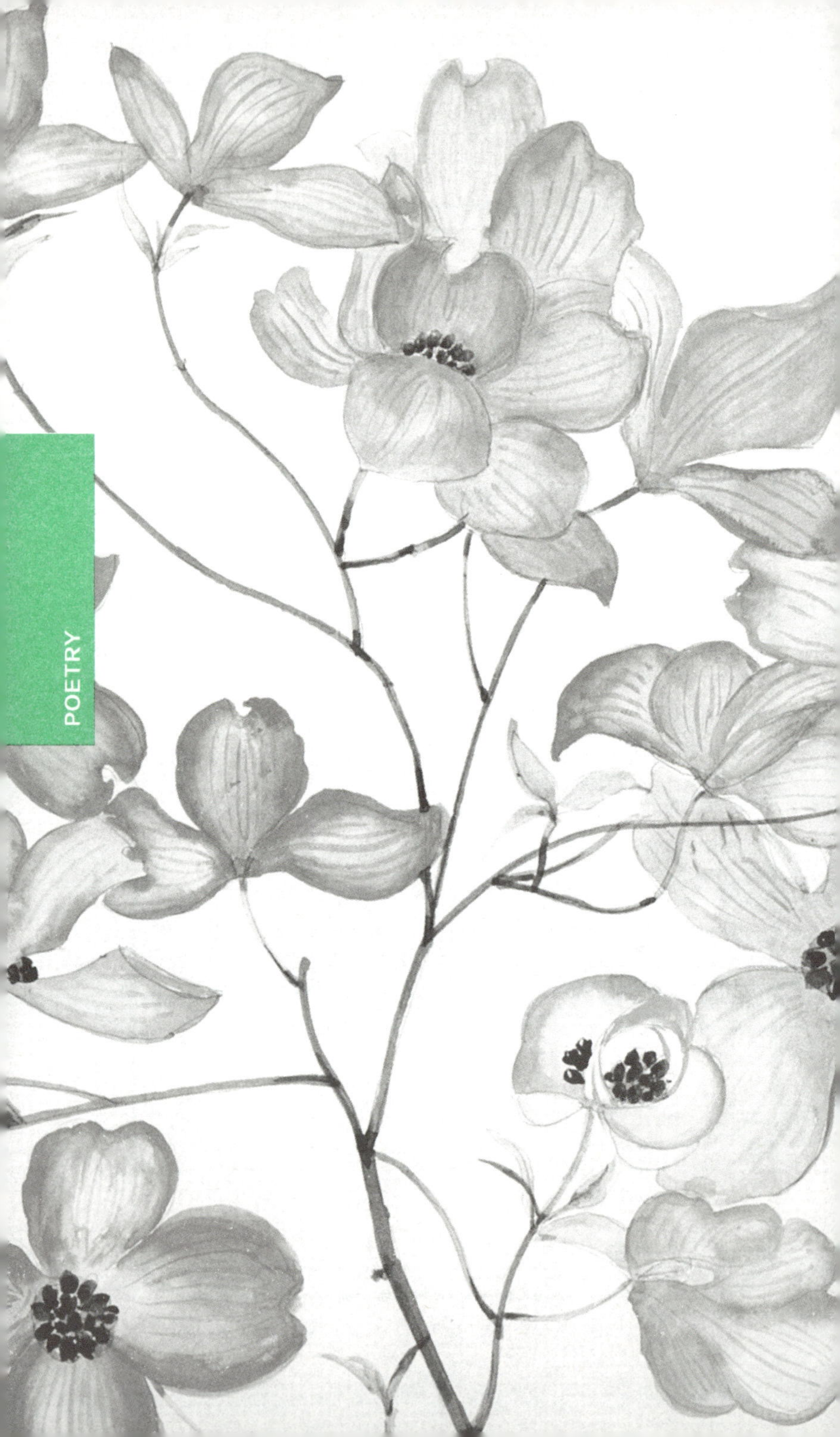

POETRY

自

由

万　幸　得

以　相　逢

你去年的诗

诗
歌

万幸得
以相逢
徐志摩的诗

我想攀附月色，

化一阵清风，

吹醒群松春醉，

去山中浮动；

吹下一针新碧，

掉在你窗前；

轻柔如同叹息——

不惊你安眠！

山中

庭院是一片静，
听市谣围抱；
织成一地松影——
看当头月好！

不知今夜山中
是何等光景；
想也有月有松，

# 秋月

一样是月色，

今晚上的，因为我们都在抬头看——

看它，一轮腴满的妩媚，

从乌黑得如同暴徒一般的

云堆里升起——

看得格外的亮，分外的圆。

它展开在道路上，

它飘闪在水面上，

它沉浸在

水草盘结得如同忧愁般的

水底；

它睥睨在古城的雉堞上，

万千的城砖在它的清亮中

呼吸，

它抚摩着

错落在城厢外面的墓墟，

在宿鸟的断续的呼声里，

想见新旧的鬼，

也和我们似的相依偎的站着，

眼珠放着光，

咀嚼着彻骨的阴凉；

银色的缠绵的诗情

如同水面的星磷，

在露盈盈的空中飞舞。

听那四野的吟声——

永恒的卑微的谐和，

悲哀揉和着欢畅，

怨仇与恩爱，

晦冥交抱着火电，

在这夐绝的秋夜与秋野的

苍茫中，

"解化"的伟大

在一切纤微的深处

展开了

婴儿的微笑！

# 落叶小唱

一阵声响转上了阶沿，

（我正挨近着梦乡边；）

这回准是她的脚步了，我想——

　　　在这深夜！

一声剥啄在我的窗上，

（我正靠紧着睡乡旁；）

这准是她来闹着玩——你看，

　　　我偏不张皇！

一个声息贴近我的床，

我说（一半是睡梦，一半是迷惘：）——

"你总不能明白我，你又何苦

　　　多叫我心伤！"

一声喟息落在我的枕边

（我已在梦乡里留恋；）

"我负了你！"你说——你的热泪

烫着我的脸！

这音响恼着我的梦魂，
（落叶在庭前舞，一阵，又一阵；）
梦完了，啊，回复清醒；恼人的——
　　却只是秋声！

# 月下待杜鹃不来

看一回凝静的桥影，
数一数螺钿的波纹，
我倚暖了石阑①的青苔，
青苔凉透了我的心坎；

月儿，你休学新娘羞，
把锦被掩盖你光艳首，
你昨宵也在此勾留，
可听她允许今夜来否？

听远村寺塔的钟声，
像梦里的轻涛吐复收，
省心海念潮的涨歇，
依稀漂泊踉跄的孤舟；

水粼粼，夜冥冥，思悠悠，

①同"栏"，后同。

何处是我恋的多情友；

风飕飕，柳飘飘，榆钱斗斗，

令人长忆伤春的歌喉。

# 青年曲

泣与笑，恋与愿与恩怨，
难得的青年，倏忽的青年，
前面有座铁打的城垣，青年，
你进了城垣，永别了春光，
永别了青年，恋与愿与恩怨！

妙乐与酒与玫瑰，不久住人间，
青年，彩虹不常在天边，
梦里的颜色，不能永葆鲜妍，
你须珍重，青年，你有限的脉搏，
休教幻景似的消散了你的青年！

# 干着急

朋友，这干着急有什么用，
喝酒玩吧，这槐树下凉快；
看槐花直掉在你的杯中——
别嫌它：这也是一种的爱。

胡知了到天黑还在直叫
（她为我的心跳还不一样？）
那紫金山头有夕阳返照
（我心头，不是夕阳，是惆怅！）

这天黑得草木全变了形
（天黑可盖不了我的心焦；）
又是一天，天上点满了银
（又是一天，真是，这怎么好！）

# 为的是

女人：

我对你祈祷，

我对你礼拜，

我对你乞讨，——

　　为的是……

女人：

我为你发痴，

我为你颓废，

我为你做诗，——

　　为的是……

女人：

我拿你咒骂，

我拿你凌迟，

我拿你践踏，——

　　为的是……

# 起造一座墙

你我千万不可亵渎那一个字，
别忘了在上帝跟前起的誓。
我不仅要你最柔软的柔情，
蕉衣似的永远裹着我的心；
我要你的爱有纯钢似的强，
在这流动的生里起造一座墙；
任凭秋风吹尽满园的黄叶，
任凭白蚁蛀烂千年的画壁；
就使有一天霹雳震翻了宇宙，——
也震不翻你我"爱墙"内的自由！

# 活该

活该你早不来！
热情已变死灰。

提什么已往？——
骷髅的磷光！

将来？——各走各的道，
长庚管不着"黄昏晓"。

爱是痴，恨也是傻；
谁点得清恒河的沙？

不论你梦有多么圆，
周围是黑暗没有边。

比是消散了的诗意，
趁早掩埋你的旧忆。

这苦脸也不容装，
到头儿总是个忘！

得！我就再亲你一口：
热热的！去，再不许停留。

# 为要寻一个
## 明星

我骑着一匹拐腿的瞎马，
　　向着黑夜里加鞭；——
　　向着黑夜里加鞭，
我跨着一匹拐腿的瞎马。

我冲入这黑绵绵的昏夜，
　　为要寻一颗明星；——
　　为要寻一颗明星，
我冲入这黑茫茫的荒野。

累坏了，累坏了我胯下的牲口，
　　那明星还不出现；——
　　那明星还不出现，
累坏了，累坏了马鞍上的身手。

这回天上透出了水晶似的光明，

荒野里倒着一只牲口，

黑夜里躺着一具尸首，——

这回天上透出了水晶似的光明！

# 鲤跳

那天你我走近一道小溪，
我说"我抱你过去"，你说"不"；
"那我总得搀你"，你又说"不"。
"你先过去，"你说，"这水多丽！"

"我愿意做一尾鱼，一支草，
在风光里长，在风光里睡，
收拾起烦恼，再不用流泪；
现在看！我这锦鲤似的跳！"

一闪光艳，你已纵过了水，
脚点地时那轻！一身的笑，
像柳丝，腰还在俏丽的摇；
水波里满是鲤鳞的霞绮！

# 希望的埋葬

希望，只如今……
如今只剩些遗骸——
可怜，我的心……
却教我何处埋掩？

希望！我抚摩着
你惨变的创伤；
在这冷默的冬夜——
谁与我商量埋葬？

埋你在秋林之中，
幽涧之边，你愿否，
朝餐泉乐的玲玳，
暮偎着松茵香柔？

我收拾一筐的红叶，
露凋秋伤的枫叶，
铺盖在你新坟之上，

长眠着美丽的希望！

我唱一支惨淡的歌，
与秋林的秋声相和；
滴滴凉露似的清泪，
洒遍了清冷的新墓！

我手抱你冷残的衣裳，
凄怀你生前的经过——
一个遭不幸的爱母，
回想一场空养的辛苦！

我又舍不得将你埋葬，
希望！我的生命与光明——
像那个情疯了的公主，
紧搂住她爱人的冷尸。

梦境似的惝恍，

毕竟是谁存与谁亡；
是谁在悲唱，希望！
你，我，是谁替谁埋葬！

"美是人间不死的光芒"，
不论是生命，或是希望！
便冷骸也发生命的神光，
何必问秋林红叶去埋葬！

# 哀曼殊斐儿①

我昨夜梦入幽谷，
　　听子规在百合丛中泣血，
我昨夜梦登高峰，
　　见一颗光明泪自天堕落。

古罗马的郊外有座墓园，
　　静偃着百年前客殇的诗骸；
百年后海岱士②黑辇的车轮，
　　又喧响在芳丹卜罗③的青林边。

说宇宙是无情的机械，
　　为甚明灯似的理想闪耀在前？
说造化是真美善之表现，
　　为甚五彩虹不常住天边？

①现通译"曼斯菲尔德"，英国女作家。
②希腊神话中的冥界或冥府的王。
③法国北部市镇枫丹白露。

我与你虽仅一度相见

　　但那二十分不死的时间！

谁能信你那仙姿灵态，

　　竟已朝露似的永别人间？

非也！生命只是个实体的幻梦：

　　美丽的灵魂，永承上帝的爱宠；

三十年小住，只似昙花之偶现，

　　泪花里我想见你笑归仙宫。

你记否伦敦约言，曼殊斐儿！

　　今夏再见于琴妮湖之边；

琴妮湖永抱着白朗矶的雪影，

　　此日我怅望云天，泪下点点！

我当年初临生命的消息，

　　梦觉似的骤感恋爱之庄严；

生命的觉悟是爱之成年，

我今又因死而感生与恋之涯沿！

因情是掼不破的纯晶，
　　爱是实现生命之唯一途径：
死是座伟秘的洪炉，此中
　　凝炼万象所从来之神明。

我哀思焉能电花似的飞骋，
　　感动你在天日遥远的灵魂？
我洒泪向风中遥送，
　　问何时能戳破生死之门？

# 又一次试验

上帝捋着他的须，
说："我又有了兴趣；
上次的试验有点糟，
这回的保管是高妙。"

脱下了他的枣红袍，
戴上了他的遮阳帽，
老头他抓起一把土，
快活又有了工作做。

"这回不叫再像我，"
他弯着手指使劲塑，
"鼻孔还是给你有，
可不把灵性往里透！

"给了也还是白丢，
能有几个走回头；
灵性又不比鲜鱼子，

化生在水里就长翅！

"我老头再也不上当，
眼看圣洁的变肮脏，——
就这儿情形多可气，
那个安琪身上不带蛆！"

# 丁当——清新

檐前的秋雨在说什么?

　　它说摔了她，忧郁什么?

我手拿起案上的镜框，

　　在地平上摔一个丁当。

檐前的秋雨又在说什么?

　　"还有你心里那个留着做什么？"

蓦地里又听见一声清新——

　　这回摔破的是我自己的心!

# 一个恶梦

我梦见你——啊，你那憔悴的神情！——
　　手捧着鲜花腼腆的做新人；
我恼恨——我恨你的负心，
　　我又不忍，不忍你的疲损。

你为什么负心？我大声的诃问，——
　　但那喜庆的闹乐浸蚀了我的悲愤；
你为什么背盟？我又大声的诃问——
　　那碧绿的灯光照出你两腮的泪痕！

仓皇的，仓皇的，我四顾观礼的来宾——
　　为什么这满堂的鬼影与逼骨的阴森？
我又转眼看那新郎——啊，上帝有灵光！——
　　却原来，偎傍着我爱，是一架骷髅狰狞！

# 小诗一首

我羡慕
　　他的勇敢，
一点亮
　　透出黑暗！

他只有
　　那一闪的焰，
但不问
　　宇宙的深浅。

多微弱
　　他那点光，
寂寞的，在
　　黑夜里彷徨！

# 给————

我记不得维也纳，
　　除了你，阿丽思；
我想不起佛兰克府①，
　　除了你，桃乐斯；
尼司②，佛洛伦司③，巴黎，
　　也都没有意味，
要不是你们的艳丽，——
　　玫思，麦蒂特，腊妹，
　　　翩翩的，盈盈的，
　　　孜孜的，婷婷的，
照亮着我记忆着幽黑，
　　像冬夜的明星，
　　像暑夜的游萤，——
　　怎教我不倾颓！
　　怎教我不迷醉！

①通译"法兰克福"。
②通译"尼斯"。
③通译"佛罗伦萨"。

# 问谁

问谁？啊，这光阴的拨弄
　　问谁去声诉，
在这冻沉沉的深夜，凄风
　　吹拂她的新墓？

　"看守，你须用心的看守，
　　这活泼的流溪，
莫错过，在这清波里优游，
　　青脐与红鳍！

那无声的私语在我的耳边
　　似曾幽幽的吹嘘，——
像秋雾里的远山，半化烟，
　　在晓风前卷舒。

因此我紧揽着我生命的绳网，
　　像一个守夜的渔翁，
兢兢的，注视着那无尽流的时光——

私冀有彩鳞掀涌。

但如今，如今只余这破烂的渔网——
　　嘲讽我的希冀，
我喘息的怅望着不复返的时光：
　　泪依依的憔悴！

又何况在这黑夜里徘徊，
　　黑夜似的痛楚：
一个星芒下的黑影凄迷——
　　留连着一个新墓！

问谁……我不敢怆呼，怕惊扰
　　这墓底的清淳；
我俯身，我伸手向她搂抱——
　　啊，这半潮润的新坟！

这惨人的旷野无有边沿，

远处有村火星星，
丛林中有鸱鸮在悍辩——
　　此地有伤心，只影！

这黑夜，深沉的，环包着大地；
　　笼罩着你与我——
你，静凄凄的安眠在墓底；
　　我，在迷醉里摩挲！

正愿天光更不从东方
　　按时的泛滥：
我便永远依偎着这墓旁——
　　在沉寂里消幻——

但青曦已在那天边吐露，
　　苏醒的林鸟，
已在远近间相应的喧呼——
　　又是一度清晓。

不久，这严冬过去，东风
　　又来催促青条：
便妆缀这冷落的墓宫，
　　亦不无花草飘摇。


但为你，我爱，如今永远封禁
　　在这无情的地下——
我更不盼天光，更无有春信：
　　我的是无边的黑夜！

# 呻吟语

我亦愿意赞美这神奇的宇宙，
我亦愿意忘却了人间有忧愁，
　　像一只没挂累的梅花雀，
　　清朝上歌唱，黄昏时跳跃；——
假如她清风似的常在我的左右！

我亦想望我的诗句清水似的流，
我亦想望我的心池鱼似的悠悠；
　　但如今膏火是我的心，
　　再休问我闲暇的诗情？——
上帝！你一天不还她生命与自由！

# 领罪

这也许是个最好的时刻。
不是静。对面园里的鸟，
从杜鹃到麻雀，已在叫晓。
我也再不能抵抗我的困，
它压着我像霜压着树根；
断片的梦已在我的眼前
飘拂，像在晓风中的树尖。
也不是有什么非常的事，
逼着我决定一个否与是。
但我非得留着我的清醒，
用手推着黑甜乡的诱引：
因为，这是我唯一的机会，
自己到自己跟前来领罪。
领罪，我说不是罪是什么？
这日子过得有什么话说！

# 新催妆曲

一

新娘，你为什么紧锁你的眉尖，

　　（听掌声如春雷吼，

　　鼓乐暴雨似的流！）

在缤纷的花雨中步慵慵的向前：

　　（向前，向前，

　　到礼台边，

　　见新郎面！）

莫非这嘉礼惊醒了你的忧愁：

　　一针针的忧愁，

　　你的芳心刺透，

　　逼迫你热泪流，——

新娘，为什么你紧锁你的眉尖？

二

新娘，这礼堂不是杀人的屠场，

　　（听掌声如震天雷，

　　闹乐暴雨似的催！）

那台上站着的不是吃人的魔王：

　　　　他是新郎，

　　　　他是新郎，

　　　　你的新郎，

新娘，美满的幸福等在你的前面，

　　　　你快向前，

　　　　到礼台边，

　　　　见新郎面——

新娘，这礼堂不是杀人的屠场！


三

新娘，有谁猜得你的心头怨？——

　　　　（听掌声如劈山雷，

　　　　鼓乐暴雨似的催，

催花巍巍的新人快步的向前，

　　　　向前，向前，

　　　　到礼台边，

　　　　见新郎面。）

莫非你到今朝，这定运的一天，

　　　　又想起那时候，

他热烈的抱搂，

　　那颤栗，那绸缪——

新娘，有谁猜得你的心头怨?


四

新娘，把钩消的墓门压在你的心上：

　　（这礼堂是你的坟场，

　　你的生命从此埋葬！）

让伤心的热血添浓你颊上的红光；

　　（你快向前，

　　到礼台边，

　　见新郎面！）

忘却了，永远忘却了人间有一个他：

　　让时间的灰烬，

　　掩埋了他的心，

　　他的爱，他的影，——

新娘，谁不艳羡你的幸福，你的荣华!

# 在那山道旁

在那山道旁，一天雾濛濛的朝上，
初生的小蓝花在草丛里窥觑，
我送别她归去，与她在此分离，
在青草里飘拂，她的洁白的裙衣。

我不曾开言，她亦不曾告辞，
驻足在山道旁，我黯黯的寻思：
"吐露你的秘密，这不是最好时机？"
露湛的小草花，仿佛恼我的迟疑。

为什么迟疑，这是最后的时机，
在这山道旁，在这雾盲的朝上？
收集了勇气，向着她我旋转身去：——
但是啊！为什么她这满眼凄惶？

我咽住了我的话，低下了我的头：
火灼与冰激在我的心胸间回荡，
啊，我认识了我的命运，她的忧愁，——

在这浓雾里，在这凄清的道旁！

在那天朝上，在雾茫茫的山道旁，
新生的小蓝花在草丛里睥睨，
我目送她远去，与她从此分离——
在青草间飘拂，她那洁白的裙衣！

# 天神似的英雄

这石是一堆粗丑的顽石，
这百合是一丛明媚的秀色；
但当月光将花影描上了石隙，
这粗丑的顽石也化生了媚迹。

我是一团臃肿的凡庸，
她的是人间无比的仙容；
但当恋爱将她偎入我的怀中，
就我也变成了天神似的英雄！

# 望月

月：我隔着窗纱，在黑暗中，
望她从巉岩的山肩挣起——
一轮惺忪的不整的光华：
像一个处女，怀抱着贞洁，
惊惶的，挣出强暴的爪牙；

这使我想起你，我爱，当初
也曾在恶运的利齿间挨！
但如今，正如蓝天里明月，
你已升起在幸福的前峰，
洒光辉照亮地面的坎坷！

# 客中

今晚天上有半轮的下弦月；

　　我想携着她的手，

　　往明月多处走——

一样是清光，我说，圆满或残缺。


园里有一树开剩的玉兰花；

　　她有的是爱花癖，

　　我爱看她的怜惜——

一样是芬芳，她说，满花与残花。


浓阴里有一只过时的夜莺；

　　她受了秋凉，

　　不如从前浏亮——

快死了，她说，但我不悔我的痴情！


但这莺，这一树花，这半轮月——

我独自沉吟，

对着我的身影——

她在那里，啊，为什么伤悲，凋谢，残缺？

# 两个月亮

我望见有两个月亮：
一般的样，不同的相。

一个这时正在天上，
披敞着雀毛的衣裳；
她不吝惜她的恩情，
满地全是她的金银。
她不忘故宫的琉璃，
三海间有她的清丽。
她跳出云头，跳上树，
又躲进新绿的藤萝。
她那样玲珑，那样美，
水底的鱼儿也得醉！
但她有一点子不好，
她老爱向瘦小里耗；
有时满天只见星点，
没了那迷人的圆脸，
虽则到时候照样回来，

但这份相思有些难挨!

还有那个你看不见,
虽则不提有多么艳!
她也有她醉涡的笑,
还有转动时的灵妙;
说慷慨她也从不让人,
可惜你望不到我的园林!
可贵是她无边的法力,
常把我灵波向高里提:
我最爱那银涛的汹涌,
浪花里有音乐的银钟;
就那些马尾似的白沫,
也比得珠宝经过雕琢。
　　一轮完美的明月,
　　又况是永不残缺!
只要我闭上这一双眼,
她就婷婷的升上了天!

# 海韵

### 一

"女郎，单身的女郎：

　你为什么留恋

　这黄昏的海边？——

女郎，回家吧，女郎！"

"阿不；回家我不回，

　我爱这晚风吹。"——

　在沙滩上，在暮霭里，

有一个散发的女郎——

　　　　徘徊，徘徊。

### 二

"女郎，散发的女郎，

　你为什么彷徨

　在这冷清的海上？

女郎，回家吧，女郎！"

"阿不；你听我唱歌，

　大海，我唱，你来和。"——

在星光下，在凉风里，
轻荡着少女的清音——
　　　　　高吟低哦。


### 三

"女郎，胆大的女郎！
　那天边扯起了黑幕，
　这顷刻间有恶风波，——
女郎，回家吧，女郎！"
"阿不；你看我凌空舞，
　学一个海鸥没海波。"——
　在夜色里，在沙滩上，
急旋着一个苗条的身影，——
　　　　　婆娑，婆娑。


### 四

"听呀，那大海的震怒，
　女郎，回家吧，女郎！

看呀，那猛兽似的海波，

　　女郎，回家吧，女郎！"

"啊不；海波他不来吞我，

　　我爱这大海的颠簸！"——

在潮声里，在波光里，

啊，一个慌张的少女在海沫里，

　　　　　　蹉跎，蹉跎。


　　　　　　五

"女郎，在那里，女郎？

　　在那里，你嘹亮的歌声？

在那里，你窈窕的身影？

　　在那里，啊，勇敢的女郎？"

黑夜吞没了星辉，

　　这海边再没有光芒；

海潮吞没了沙滩，

　　沙滩上再不见女郎，——

　　　　　　再不见女郎！

# 珊瑚

你再不用想我说话，
  我的心早沉在海水底下；
你再不用向我叫唤：
  因为我——我再不能回答！

除非你——除非你也来在
  这珊瑚骨环绕的又一世界；
等海风定时的一刻清静，
  你我来交互你我的幽叹。

# 黄鹂

一掠颜色飞上了树。
"看，一只黄鹂！"有人说。
翘着尾尖，它不作声，
艳异照亮了浓密——
像是春光，火焰，像是热情。

等候它唱，我们静着望，
怕惊了它。但它一展翅，
冲破浓密，化一朵彩云；
它飞了，不见了，没了——
像是春光，火焰，像是热情。

# 你去

你去，我也走，我们在此分手；

你上那一条大路，你放心走，

你看那街灯一直亮到天边，

你只消跟从这光明的直线！

你先走，我站在此地望着你，

放轻些脚步，别教灰土扬起，

我要认清你的远去的身影，

直到距离使我认你不分明。

再不然我就叫响你的名字，

不断的提醒你有我在这里，

为消解荒街与深晚的荒凉，

目送你归去……

　　　　　不，我自有主张，

你不必为我忧虑；你走大路，

我进这条小巷，你看那棵树，

高抵着天，我走到那边转弯，

再过去是一片荒野的凌乱：

有深潭，有浅洼，半亮着止水，

在夜芒中像是纷披的眼泪；
有石块，有钩刺胫踝的蔓草，
在期待过路人疏神时绊倒！
但你不必焦心，我有的是胆，
凶险的途程不能使我心寒。
等你走远了，我就大步向前，
这荒野有的是夜露的清鲜；
也不愁愁云深裹，但须风动，
云海里便波涌星斗的流汞；
更何况永远照彻我的心底，
有那颗不夜的明珠，我爱你！

# 爱的灵感
## ——奉适之

下面这些诗行好歹是他撩拨出来的，正如这十年来大多数
的诗行好歹是他撩拨出来的！

不妨事了，你先坐着罢。

这阵子可不轻，我当是

已经完了，已经整个的

脱离了这世界，飘渺的，

不知到了那儿。仿佛有

一朵莲花似的云拥着我，

（她脸上浮着莲花似的笑）

拥着到远极了的地方去……

唉，我真不希罕再回来，

人说解脱，那许就是罢！

我就像是一朵云，一朵

纯白的，纯白的云，一点

不见分量，阳光抱着我，

我就是光，轻灵的一球，

往远处飞，往更远的飞；

什么累赘，一切的烦愁，

恩情，痛苦，怨，全都远了；

就是你——请你给我口水，

是橙子吧，上口甜着哪——
就是你，你是我的谁呀！
就你也不知那里去了：
就有也不过是晓光里

一发的青山，一缕游丝，
一翳微妙的晕；说至多
也不过如此，你再要多
我那朵云也不能承载，
你，你得原谅，我的冤家！……
不碍，我不累，你让我说，
我只要你睁着眼，就这样，
叫哀怜与同情，不说爱，
在你的泪水里开着花，
我陶醉着它们的幽香；
在你我这最后，怕是吧，
一次的会面，许我放娇，
容许我完全占定了你，
就这一晌，让你的热情，

像阳光照着一流幽涧，

透澈我的凄冷的意识；

你手把住我的，正这样，

你看你的壮健，我的衰，

容许我感受你的温暖，

感受你在我血液里流，

鼓动我将次停歇的心，

留下一个不死的印痕：

这是我唯一，唯一的祈求……

好，我再喝一口，美极了，

多谢你。现在你听我说。

但我说什么呢？到今天，

一切事都已到了尽头，

我只等待死，等待黑暗，

我还能见到你，偎着你，

真像情人似的说着话，

因为我够不上说那个，

你的温柔春风似的围绕，

这于我是意外的幸福，

我只有感谢，（她合上眼。）

什么话都是多余，因为

话只能说明能说明的，

更深的意义，更大的真，

朋友，你只能在我的眼里，

在枯干的泪伤的眼里

认取。

　　我是个平常的人，

我不能盼望在人海里

值得你一转眼的注意。

你是天风：每一个浪花

一定得感到你的力量，

从它的心里激出变化，

每一根小草也一定得

在你的踪迹下低头，在

绿的颤动中表示惊异；

但谁能止限风的前程，

他横掠过海，作一声吼，

狮虎似的扫荡着田野，

当前是冥茫的无穷，他

如何能想起曾经呼吸

到浪的一花，草的一瓣？

遥远是你我间的距离；

远，太远！假如一支夜蝶

有一天得能飞出天外，

在星的烈焰里去变灰

（我常自己想）那我也许

有希望接近你的时间。

唉，痴心，女子是有痴心的，

你不能不信罢？有时候

我自己也觉得真奇怪，

心窝里的牢结是谁给

打上的？为什么打不开？

那一天我初次望到你，

你闪亮得如同一颗星，

我只是人丛中的一点，
一撮沙土，但一望到你，
我就感到异样的震动，
猛袭到我生命的全部，
真像是风中的一朵花，
我内心摇晃得像昏晕，
脸上感到一阵的火烧，
我觉得幸福，一道神异的
光亮在我的眼前扫过，
我又觉得悲哀，我想哭，
纷乱占据了我的灵府。
但我当时一点不明白，
不知这就是陷入了爱！
　"陷入了爱"，真是的！前缘，
孽债，不知到底是什么？
但从此我再没有平安，
是中了毒，是受了催眠，
教运命的铁链给锁住，

我再不能踌躇：我爱你！
从此起，我的一瓣瓣的
思想都染着你，在醒时，
在梦里，想躲也躲不去，
我抬头望，蓝天里有你，
我开口唱，悠扬里有你，
我要遗忘，我向远处跑，
另走一道，又碰到了你！
枉然是理智的殷勤，因为
我不是盲目，我只是痴！
但我爱你，我不是自私。
爱你，但永不能接近你。
爱你，但从不要享受你。
即使你来到我的身边，
我许向你望，但你不能
丝毫觉察到我的秘密。
我不妒忌，不艳羡，因为
我知道你永远是我的，

它不能脱离我正如我
不能躲避你，别人的爱
我不知道，也无须知晓，
我的是我自己的造作，
正如那林叶在无形中
收取早晚的霞光，我也
在无形中收取了你的。
我可以，我是准备，到死
不露一句，因为我不必。
死，我是早已望见了的。
那天爱的结打上我的
心头，我就望见死，那个
美丽的永恒的世界；死，
我甘愿的投向，因为它
是光明与自由的诞生。
从此我轻视我的躯体，
更不计较今世的浮荣，
我只企望着更绵延的

时间来收容我的呼吸，

灿烂的星做我的眼睛，

我的发丝，那般的晶莹，

是纷披在天外的云霞，

博大的风在我的腋下

胸前眉宇间盘旋，波涛

冲洗我的胫踝，每一个

激荡涌出光艳的神明！

再有电火做我的思想

天边掣起蛇龙的交舞，

雷震我的声音，蓦地里

叫醒了春，叫醒了生命。

无可思量，呵，无可比况，

这爱的灵感，爱的力量！

正如旭日的威棱扫荡

田野的迷雾，爱的来临

也不容平凡，卑琐以及

一切的庸俗侵占心灵，

它那原来青爽的平阳。

我不说死吗？更不畏惧，

再没有疑虑，再不吝惜

这躯体如同一个财虏，

我勇猛的用我的时光。

用我的时光，我说？天哪，

这多少年是亏我过的！

没有朋友，离背了家乡，

我投到那寂寞的荒城，

在老农中间学做老农，

穿着大布，脚登着草鞋，

栽青的桑，栽白的木棉，

在天不曾放亮时起身，

手搅着泥，头戴着炎阳，

我做工，满身浸透了汗，

一颗热心抵挡着劳倦；

但渐次的我感到趣味，

收拾一把草如同珍宝，

在泥水里照见我的脸，
涂着泥，在坦白的云影
前不露一些羞愧！自然
是我的享受；我爱秋林，
我爱晚风的吹动，我爱
枯苇在晚凉中的颤动，
半残的红叶飘摇到地，
鸦影侵入斜日的光圈；
更可爱是远寺的钟声
交挽村舍的炊烟共做
静穆的黄昏！我做完工，
我慢步的归去，冥茫中
有飞虫在交谈，在天上
有星，我心中亦有光明！
到晚上我点上一支蜡，
在红焰的摇曳中照出
板壁上唯一的画像，
独立在旷野里的耶稣，

（因为我没有你的除了
悬在我心里的那一幅，）
到夜深静定时我下跪，
望着画像做我的祈祷，
有时我也唱，低声的唱，
发放我的热烈的情愫
缕缕青烟似的上通到天。
但有谁听到，有谁哀怜？
你踞坐在荣名的顶巅，
有千万人迎着你鼓掌，
我，陪伴我有冷，有黑夜，
我流着泪，独跪在床前！
一年，又一年，再过一年，
新月望到圆，圆望到残，
寒雁排成了字，又分散，
鲜艳长上我手栽的树，
又叫一阵风给刮做灰。
我认识了季候，星月与

黑夜的神秘，太阳的威；

我认识了地土，它能把

一颗子培成美的神奇，

我也认识一切的生存，

爬虫，飞鸟，河边的小草，

再有乡人们的生趣，我

也认识，他们的单纯与

真，我都认识。

    跟着认识

是愉快，是爱，再不畏虑

孤寂的侵凌。那三年间

虽则我的肌肤变成粗，

焦黑薰上脸，剥坏刻上

手脚，我心头只有感谢：

因为照亮我的途径有

爱，那盏神灵的灯，再有

穷苦给我精力，推着我

向前，使我怡然的承当

更大的劳苦，更多的险。
你奇怪吧，我有那能耐？
不可思量是爱的灵感！
我听说古时间有一个
孝女，她为救她的父亲
胆敢上犯君王的天威，
那是纯爱的驱使我信。
我又听说法国中古时
有一个乡女子叫贞德，
她有一天忽然脱去了
她的村服，丢了她的羊，
穿上戎装拿着刀，带领
十万兵，高叫一声"杀贼"，
就冲破了敌人的重围，
救全了国。那也一定是
爱！因是只有爱能给人
不可理解的英勇和胆；
只有爱能使人睁开眼，

认识真，认识价值；只有
爱能使人全神的奋发，
向前闯，为了一个目标，
忘了火是能烧，水能淹。
正如没有光热这地上
就没有生命，要不是爱，
那精神的光热的根源，
一切光明的惊人的事
也就不能有。

    啊，我懂得！
我说"我懂得"我不惭愧：
因为天知道我这几年，
独自一个柔弱的女子，
投身到灾荒的地域去，
走千百里巉岈的路程，
自身挨着饿冻的惨酷
以及一切不可名状的
苦处说来够写几部书，

是为了什么？为了什么
我把每一个老年灾民
不问他是老人是老妇，
当作生身父母一样看，
每一个儿女当作自身
骨血，即使不能给他们
救度，至少也要吹几口
同情的热气到他们的
脸上，叫他们从我的手
感到一个完全在爱的
纯净中生活着的同类？
为了什么我甘愿铺啜
在平时乞丐都不屑的
饮食，吞咽腐朽与肮脏
如同可口的膏粱；甘愿
在尸体的恶臭能醉倒
人的村落里工作如同
发见了什么珍异？为了

什么？就为"我懂得"，朋友，
你信不？我不说，也不能
说，因为我心里有一个
不可能的爱所以发放
满怀的热到另一方向，
也许我即使不知爱也
能同样做谁知道，但我
总得感谢你，因为从你
我获得生命的意识和
在我内心光亮的点上，
又从意识的沉潜引渡
到一种灵界的莹澈，又
从此产生智慧的微芒
致无穷尽的精神的勇。
啊，假如你能想象我在
灾地时一个夜的看守！
一样的天，一样的星空，
我独自有旷野里或在

桥梁边或在剩有几簇
残花的藤蔓的村篱边
仰望，那时天际每一个
光亮都为我生着意义，
我饮咽它们的美如同
音乐，奇妙的韵味通流
到内脏与百骸，坦然的
我承受这天赐不觉得
虚怯与羞惭，因我知道
不为己的劳作虽不免
疲乏体肤，但它能拂拭
我们的灵窍如同琉璃，
利便天光无碍的通行。


我话说远了不是？但我
已然诉说到我最后的
回目，你纵使疲倦也得

听到底，因为别的机会
再不会来，你看我的脸
烧红得如同石榴的花，
这是生命最后的光焰，
多谢你不时的把甜水
浸润我的咽喉，要不然
我一定早叫喘息窒死。
你的"懂得"是我的快乐。
我的时刻是可数的了，
我不能不赶快！
　　　　　　我方才
说过我怎样学农，怎样
到灾荒的魔窟中去伸
一只柔弱的奋斗的手，
我也说过我灵的安乐
对满天星斗不生内疚。
但我终究是人是软弱，
不久我的身体得了病，

风雨的毒浸入了纤微，
酿成了猖狂的热。我哥
将我从昏盲中带回家，
我奇怪那一次还不死，
也许因为还有一种罪
我必得在人间受。他们
叫我嫁人，我不能推托。
我或许要反抗假如我
对你的爱是次一等的，
但因我的既不是时空
所能衡量，我即不计较
分秒间的短长，我做了
新娘，我还做了娘，虽则
天不许我的骨血存留。
这几年来我是个木偶，
一堆任凭摆布的泥土；
虽则有时也想到你，但
这想到是正如我想到

西天的明霞或一朵花，

不更少也不更多。同时

病，一再的回复，销蚀了

我的躯壳，我早准备死，

怀抱一个美丽的秘密，

将永恒的光明交付给

无涯的幽冥。我如果有

一个母亲我也许不忍

不让她知道，但她早已

死去，我更没有沾恋；我

每次想到这一点便忍

不住微笑漾上了口角。

我想我死去再将我的

秘恋①化成仁慈的风雨，

化成指点希望的长虹，

化成石上的苔藓，葱翠

①疑作"密"。

淹没它们的冥顽；化成
黑暗中翅膀的舞，化成
农时的鸟歌；化成水面
锦绣的文章；化成波涛，
永远宣扬宇宙的灵通；
化成月的惨绿在每个
睡孩的梦上添深颜色；
化成星系间的妙乐……
最后的转变是未料的，
天不遂我理想的心愿，
又叫在热谵中漏泄了
我的怀内的珠光！但我
再也不梦想你竟能来，
血肉的你与血肉的我
竟能在我临去的俄顷
陶然的相偎倚，我说，你
听，你听，我说。真是奇怪，
这人生的聚散！

　　　　现在我
真真可以死了，我要你
这样抱着我直到我去，
直到我的眼再不睁开，
直到我飞，飞，飞去太空，
散成沙，散成光，散成风，
啊苦痛，但苦痛是短的，
是暂时的；快乐是长的，
爱是不死的：
　　　　　我，我要睡……

# 沙士顿[①]重游随笔

一

许久不见了，满田的青草黄花！

你们在风前点头微笑，仿佛说彼此无恙。

今春雨少，你们的面容着实清癯；

我一年来也无非是烦恼踉跄；

见否我白发骈添，眉峰的愁痕未隐？

你们是需要雨露，人间只缺少同情。——

青年不受恋爱的滋润，比如春阳霖雨，

照洒沙碛永远不得收成。

但你们还有众多的伴侣；

在"大母"慈爱的胸前，和晨风软语，

听晨星骈唱，

每天农夫赶他牛车经过，谈论村前村后的新闻，

有时还有美发罗裙的女郎，来对你们

声诉她遭逢的薄幸。

至于我的灵魂，只是常在他囚羁中忧伤岑寂；

他仿佛是"衣司业尔"彷徨的圣羊。

① 徐志摩留学剑桥大学时曾在此镇居住。

二

许久不见了，最仁善公允的阳光。

你们现在斜倚在这残破的墙上，

萦①动了我不尽的回忆，无限的凄怆。

我从前每晚散步的欢怀，

总少不了你殷勤的照顾。

你吸起人间畅快和悦的心潮，

有似明月钩引湖海的夜汐；

就此莅莓临逝的回光，不但完成一天的功绩，

并且预告晴好的清晨，吩咐勤作的农人，

安度良宵。

这满地零乱的栗花，都像在你仁荫里欢舞。

对面楼窗口无告的老翁，

也在饱啜你和煦的同情；

他皱缩昏花的老眼，似乎告诉人说：

都亏这养老棚朝西，容我每晚享用

　　莫②景的温存：

①疑作"牵"。
②疑作"暮"。

这是天父给我不用求讨的慰藉。

三

许久不见了，和悦的旧邻居！

那位白须白发的先生，正在趁晚凉将水浇菜，

老夫人穿着蓝布的长裙，站在园篱边微笑，

一年过得容易，

那篱畔的苹花，已经落地成泥！

这些色香两绝的玫瑰的种畤在八十老人的跟前，

好比艳眼的少艾①，独倚在虬松古柏的中间。

他们笑着对我说结婚已经五十三年，

今年十月里预备金婚；

来到此村三十九年，老夫人从不曾半日离家，

每天五时起工作，眠食时刻，四十年如一日；

莫有儿女，彼此如形影相随，

但管门前花草后园蔬果，

从不问村中情事，更不晓世上有春秋。

老夫人拿出她新制的杨梅酱来请我尝味，

①疑作"女"。

因为去年我们在时吃过，曾经赞好。

### 四

那灰色墙边的自来井前，上面盖着栗树的浓荫，

　　残花还不时地堕落，

站着一位十八九的女郎，

她发上络住一支藤黄色的梳子衬托着一大股

　　蓬松的褐色细麻，

转过头来见了我，微微一笑，

脂红的唇缝里，漏出了一声有意无意的"你好"！

### 五

那边半尺多厚干草，铺顶的低屋前，

依旧站着一年前整天在此的一位褴褛老翁，

他曲着背将身子承住在一根黑色杖上，

后脑仅存的几茎白发，和着他有音节的咳嗽，

　　上下颤动。

我走过他跟前，照例说了晚安，

他抬起头向我端详，

一时口角的皱纹，齐向下颌紧叠，

吐露些不易辨认的声响，接着几声干涸的咳嗽；

我瞥眼见他右眼红腐，像烂桃颜色（并不可怕），

一张绝扁的口，挂着一线口涎。

我心里想阿弥陀佛，这才是老贫病的三角同盟。

## 六

两条牛并肩在街心里走来，

卖弄他们最庄严的步法。

沉着迟重的蹄声，轻撼了晚村的静默。

一个赤腿的小孩，一手扳着门枢，

一手的指甲腌在口里，

瞪着眼看牛尾的撩拂。

## 七

一个穿制服的人，向我行礼，

原来是从前替我们送信的邮差，

他依旧穿着黑呢红边的制衣，背着皮袋，手里握着一
　　叠信。

只见他这家进，那家出，有几家人在门外等他，

他挨户过去，继续说他的晚安，只管对门牌投信，

他上午中午下午一共巡行三次，每次都是刻板的面目；

雨天风天，晴天雪天，春天冬天，

他总是循行他制定的责务；

他似乎不知道他是这全村多少喜怒悲欢的中介者；

他像是不可防御的运命自身。

有人张着笑口迎他，

有人听得他的足音，便惶恐震栗；

但他自来自去，总是不变的态度。

他好比双手满抓着各式情绪的种子，向心田里四撒；

这家的笑声，那边的幽泣；

全村顿时增加的脉搏心跳，欷歔叹息，

都是他盲目工程的结果，

他那里知道人间最大的消息，

都曾在他褴旧的皮袋里住过，

在他干黄的手指里经过——

可爱可怖的邮差呀！

# 在病中

我是在病中，这恹恹的倦卧，
看窗外云天，听木叶在风中……
是鸟语吗？院中有阳光暖和，
一地的衰草，墙上爬着藤萝，
有三五斑猩的，苍的，在颤动。
一半天也成泥……

        城外，啊西山！

太辜负了，今年，翠微的秋容！
那山中的明月，有弯，也有环；
黄昏时谁在听白杨的哀怨？
谁在寒风里赏归鸟的群喧？
有谁上山去漫步，静悄悄的，
去落叶林中捡三两瓣菩提？
有谁去佛殿上披拂着尘封，
在夜色里辨认金碧的神容？
这病中心情：一瞬瞬的回忆，
如同天空，在碧水潭中过路，
透映在水纹间斑驳的云翳；

又如阴影闪过虚白的墙隅，
瞥见时似有，转眼又复消散；
又如缕缕炊烟才袅袅，又断……
又如暮天里不成字的寒雁，
飞远，更远，化入远山，化作烟！
又如在暑夜看飞星，一道光
碧银银的抹过，更不许端详。
又如兰蕊的清芬偶尔飘过，
谁能留住这没影踪的婀娜？
又如远寺的钟声，随风吹送，
在春宵，轻摇你半残的春梦！

# 马赛

马赛，你神态何以如此惨淡？

　　空气中仿佛释透了铁色的矿质，

　　你拓臂环拥着的一湾海，也在迟重的阳光中，

　　　　沉闷地呼吸；

　　一涌青波，一峰白沫，一声呜咽：

地中海呀！

　　你满怀的牢骚，

　　恐只有蟠白的阿尔帕斯①——永远自万尺高处冷眼

　　　　下瞰——深浅知悉。


马赛，你面容何以如此惨淡？

　　这岂是情热猖獗的欧南？

　　看这一带山岭，筑成天然城堡，

　　雄闳沉着，

　　一床床的大灰岩，

　　一丛丛的暗绿林，

　　一堆堆的方形石灰屋——

①阿尔卑斯山。

光土毛石的尊严，

朴素自然的尊严，

淡净颜色的尊严——

无愧是水让（Cézanne）①神感的故乡，

廓大艺术灵魂的手笔!


但普鲁罔司②情歌缠绵真挚的精神，

在黑暗中布植文艺复兴种子的精神，

难道也深隐在这些岩片杂草的中间，

惨雾淡沫的中间?


马赛，你惨淡的神情，

倍增了我别离的幽感，别离欧土的怆心；

我爱欧化，然我不恋欧洲；

此地景物已非，不如归去；

家乡有长梗菜饭，米酒肥羔；


①通译"塞尚"。
②通译"普罗旺斯"。

此地景物已非，不堪存想。

我游都会繁庶，时有踯躅墟墓之感，

在繁华声色场中，有梦亦多恐怖；

我似见莱茵河边，难民麇伏，

冷月照鸠面青肌，凉风吹褴褛衣结，

柴火几星，便鸡犬也噤无声息；

又似身在咖啡夜馆中，

烟雾里酒香袂影，笑语微闻，

场中有裸女作猥舞，

场背有黑面奴弄器出淫声；


百年来野心迷梦，已教大战血潮冲破，

如今凄惶遍地，兽性横行；

不如归去，此地难寻干净人道，

此地难得真挚人情，不如归去！

# 地中海

海呀！你宏大幽秘的音息，不是无因而来的，

　　这风稳日丽，也不是无因而然的，

这些进行不歇的波浪，唤起了思想同情的反应——

　　涨，落——隐，现——去，来⋯⋯

无量数的浪花，各各不同，各有奇趣的花样，——

　　一树上没有两张相同的叶片，

　　天上没有两朵相同的云彩。

　　地中海呀！你是欧洲文明最老的见证！

魔大①的帝国，曾经一再笼卷你的两岸；

霸业的命运，曾经再三在你酥胸上定夺；

无数的帝王，英雄，诗人，僧侣，寇盗，商贾，曾经在你

　　怀抱中得意，失志，灭亡；

无数的财货，牲畜，人命，舰队，商船，渔艇，曾经沉入你的

　　无底的渊壑；

无数的朝彩晚霞，星光月色，血腥，血糜，曾经浸染

　　涂糁你的面庞；

① 疑作"庞大"。

无数的风涛，雷电，炮声，潜艇，曾经扰乱你安平的居处；

屈洛安城焚的火光，阿脱洛庵家的惨剧，

沙伦女的歌声，迦太基奴女被掳过海的哭声，

维雪维亚炸裂的彩色，

尼罗河口，铁拉法尔加唱凯的歌音……

都曾经供你耳目刹那的欢娱。

历史来，历史去；

　　埃及，波斯，希腊，马其顿，罗马，西班牙——

　　至多也不过抵你一缕浪花的涨歇，一茎春花的开落！

但是你呢——

　　依旧冲洗着欧非亚的海岸，

　　依旧保存着你青年的颜色，

　　（时间不曾在你面上留痕迹。）

　　依旧继续着你自在无罣的涨落，

　　依旧呼啸着你厌世的骚愁，

　　依旧翻新着你浪花的样式，——

这孤零零地神秘伟大的地中海呀！

# 康河晚照即景

这心灵深处的欢畅，

这情绪境界的壮旷；

任天堂沉沦，地狱开放，

毁不了我内府宝藏！

# 临摹页

我有一个破碎的魂灵，像一堆破碎的水晶，

散布在荒野的枯草里……

——饱啜你一瞬瞬的殷勤。

人生的冰激与柔情，我也曾尝味，

我也曾容忍，有时阶砌下蟋蟀的秋吟，

引起我心伤，逼迫我泪零。

——我有一个恋爱

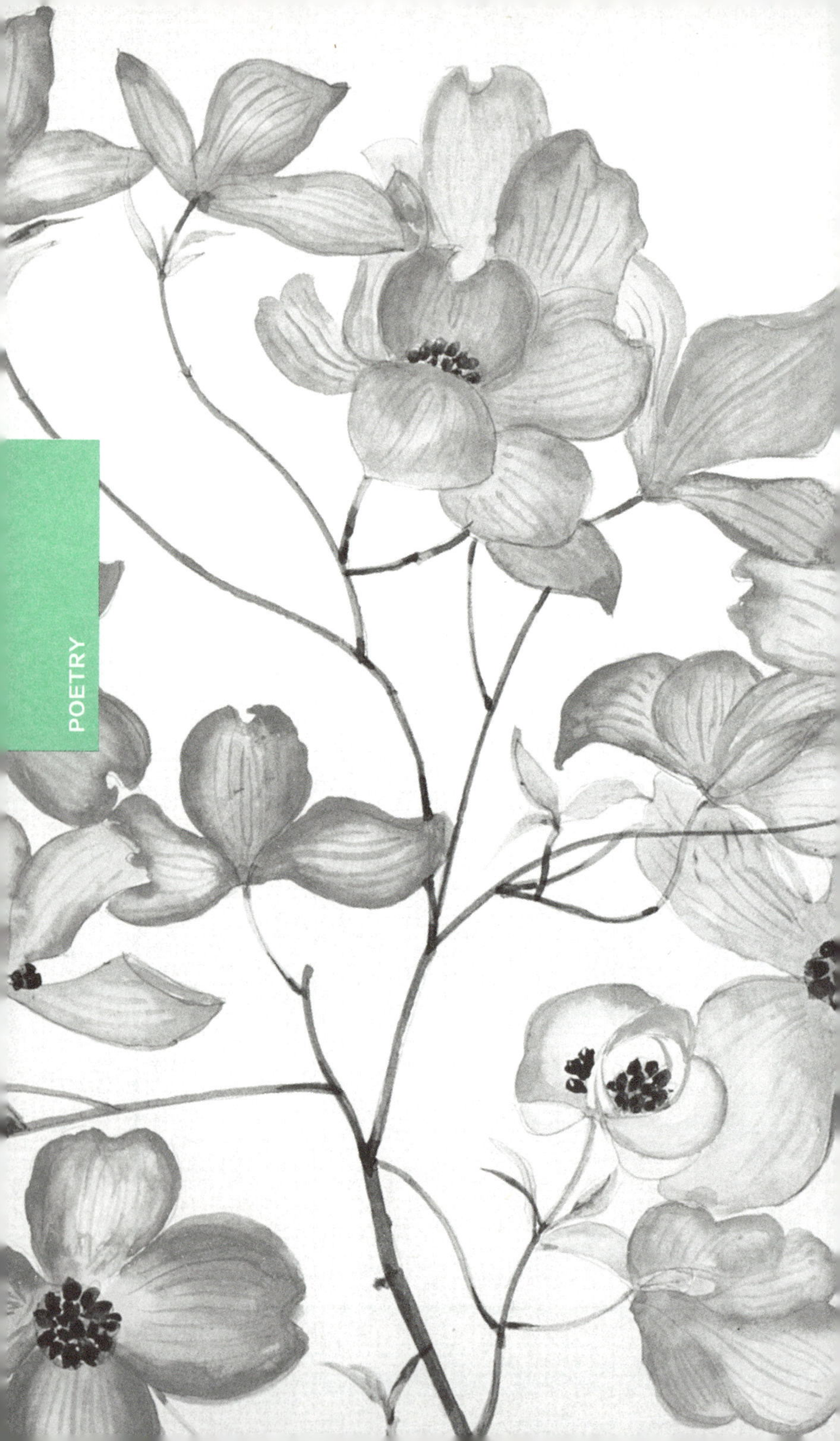
POETRY

卷三

美

万幸得

以相逢

徐志摩的诗

# 诗歌

万幸得
以相逢

徐志摩的诗

更有万千星斗

错落

在你的胸怀，

向诉说

隐奥，

蕴藏在

岩石的核心与崔嵬的天外！

泰山

山！

你的阔大的巉岩，

像是绝海的惊涛，

忽地飞来，

凌空

不动，

在沉默的承受

日月与云霞拥戴的光豪；

# 白须的海老儿

这船平空在海中心抛锚，
也不顾我心头野火似的烧！
那白须的海老倒像有同情，
他声声问的是为甚不进行？

我伸手向黑暗的空间抱，
谁说这飘渺不是她的腰？
我又飞吻给银河边的星，
那是我爱最灵动的明睛。

但这来白须的海老又生恼，
（他忌妒少年情，别看他年老！）
他说你情急我偏给你不行，
你怎生跳度这碧波的无垠？

果然那老顽皮有他的蹊跷，

这心头火差一点变海水里泡！

但此时我忙着亲我爱的香唇，

谁耐烦再和白须的海老儿争？

# 康桥西野暮色

一个大红日挂在西天

紫云绯云褐云

簇簇斑斑田田

青草黄田白水

郁郁密密鬋鬋

红瓣黑蕊长梗

罂粟花三三两两


一大块透明的琥珀

千百折云凹云凸

南天北天暗暗默默

东天中天舒舒阖阖

宇宙在寂静中构合

太阳在头赫里告别

一阵临风

几声"可可"


一颗大胆的明星

仿佛骄矜的小艇

抵牾着云涛云潮

兀兀漂漂潇潇

侧眼看暮焰沉销

回头见伙伴来了


晚霞在林间田里

晚霞在原上溪底

晚霞在风头风尾

晚霞在村姑眉际

晚霞在燕喉鸦背

晚霞在鸡啼犬吠


晚霞在田垅陌上

陌上田垅行人种种

白发的老妇老翁

屈躬咳嗽龙钟

农夫工罢回家

肩锄手篮口衔菰巴

白衣裳的红腮女郎

攀折几茎白葩红英

笑盈盈翳入绿荫森森

跟着肥满蓬松的"北京"

罂粟在凉园里摇曳

白杨树上一阵鸦啼

夕照只剩了几痕紫气

满天镶嵌着星巨星细

田里路上寂无声响

榆荫里的村屋微泄灯芒

冉冉有风打树叶的抑扬

前面远远的树影塔光

罂粟老鸦宇宙婴孩

一齐沉沉奄奄眠熟了也

# 康桥再会罢

康桥，再会罢；

我心头盛满了别离的情绪，

你是我难得的知己，我当年

辞别家乡父母，登太平洋去，

（算来一秋二秋，已过了四度

春秋，浪迹在海外，美土欧洲）

扶桑风色，檀香山芭蕉况味，

平波大海，开拓我心胸神意，

如今都变了梦里的山河，

渺茫明灭，在我灵府的底里；

我母亲临别的泪痕，她弱手

向波轮远去送爱儿的巾色，

海风咸味，海鸟依恋的雅意，

尽是我记忆的珍藏，我每次

摩按，总不免心酸泪落，便想

理箧归家，重向母怀中匍伏，

回复我天伦挚爱的幸福；

我每想人生多少跋涉劳苦，

多少牺牲，都只是枉费无补，
我四载奔波，称名求学，毕竟
在知识道上，采得几茎花草，
在真理山中，爬上几个峰腰，
钧天妙乐，曾否闻得，彩红色，
可仍记得？——但我如何能回答？
我但自喜楼高车快的文明，
不曾将我的心灵污抹，今日
我对此古风古色，桥影藻密，
依然能坦胸相见，惺惺惜别。

康桥，再会罢！
你我相知虽迟，然这一年中
我心灵革命的怒潮，尽冲泻
在你妩媚河身的两岸，此后
清风明月夜，当照见我情热
狂溢的旧痕，尚留草底桥边，
明年燕子归来，当记我幽叹

音节，歌吟声息，缦烂的云纹
霞彩，应反映我的思想情感，
此日撒向天空的恋意诗心，
赞颂穆静腾辉的晚景，清晨
富丽的温柔；听！那和缓的钟声
解释了新秋凉绪，旅人别意，
我精魂腾跃，满想化入音波，
震天彻地，弥盖我爱的康桥，
如慈母之于睡儿，缓抱软吻；
康桥！汝永为我精神依恋之乡！
此去身虽万里，梦魂必常绕
汝左右，任地中海疾风东指，
我亦必纡道西回，瞻望颜色；
归家后我母若问海外交好，
我必首数康桥；在温清冬夜
蜡梅前，再细辨此日相与况味；
设如我星明有福，素愿竟酬，
则来春花香时节，当复西航，

重来此地，再检起诗针诗线，
绣我理想生命的鲜花，实现
年来梦境缠绵的销魂踪迹，
散香柔韵节，增媚河上风流；
故我别意虽深，我愿望亦密，
昨宵明月照林，我已向倾吐
心胸的蕴积，今晨雨色凄清，
小鸟无欢，难道也为是怅别
情深，累藤长草茂，涕泪交零！

康桥！山中有黄金，天上有明星，
人生至宝是情爱交感，即使
山中金尽，天上星散，同情还
永远是宇宙间不尽的黄金，
不昧的明星；赖你和悦宁静
的环境，和圣洁欢乐的光阴，
我心我智，方始经爬梳洗涤，
灵苗随春草怒生，沐日月光辉，

听自然音乐，哺啜古今不朽

——强半汝亲栽育——的文艺精英：

恍登万丈高峰，猛回头惊见

真善美浩瀚的光华，覆翼在

人道蠕动的下界，朗然照出

生命的经纬脉络，血赤金黄，

尽是爱主恋神的辛勤手绩；

康桥！你岂非是我生命的泉源？

你惠我珍品，数不胜数；最难忘

骞士德顿桥下的星磷坝乐，

弹舞殷勤，我常夜半凭阑干，

倾听牧地黑野中倦牛夜嚼，

水草间鱼跃虫嗤，轻挑静寞；

难忘春阳晚照，泼翻一海纯金，

淹没了寺塔钟楼，长垣短堞，

千百家屋顶烟突，白水青田，

难忘茂林中老树纵横；巨干上

黛薄茶青，却教斜刺的朝霞，

抹上些微胭脂春意，忸怩神色；

难忘七月的黄昏，远树凝寂，

像墨泼的山形，衬出轻柔暝色，

密稠稠，七分鹅黄，三分橘绿，

那妙意只可去秋梦边缘捕捉；

难忘榆荫中深宵清唳的诗禽，

一腔情热，教玫瑰嘀泪点首，

满天星环舞幽吟，款住远近

浪漫的梦魂，深深迷恋香境；

难忘村里姑娘的腮红颈白；

难忘屏绣康河的垂柳婆娑，

婀娜的克莱亚①，硕美的校友居；

——但我如何能尽数，总之此地

人天妙合，虽微如寸芥残垣，

亦不乏纯美精神；流贯其间，

而此精神，正如宛次宛士②所谓

①英国剑桥大学 Clare 学院。
②通译"华兹华斯"。

"通我血液，浃我心脏"，有"镇驯
矫饬之功"；我此去虽归乡土，
而临行怫怫，转若离家赴远；
康桥！我故里闻此，能弗怨汝
僭爱，然我自有谠言代汝答付；
我今去了，记好明春新杨梅
上市时节，盼望我含笑归来，
再见罢，我爱的康桥！

# 再别康桥

轻轻的我走了，

　　正如我轻轻的来；

我轻轻的招手，

　　作别西天的云彩。


那河畔的金柳，

　　是夕阳中的新娘；

波光里的艳影，

　　在我的心头荡漾。


软泥上的青荇，

　　油油的在水底招摇；

在康河的柔波里，

　　我甘心做一条水草！


那榆荫下的一潭，

　　不是清泉，是天上虹，

揉碎在浮藻间，

　　沉淀着彩虹似的梦。

寻梦？撑一支长篙，
　　向青草更青处漫溯，
满载一船星辉，
　　在星辉斑斓里放歌。

但我不能放歌，
　　悄悄是别离的笙箫；
夏虫也为我沉默，
　　沉默是今晚的康桥！

悄悄的我走了，
　　正如我悄悄的来；
我挥一挥衣袖，
　　不带走一片云彩。

# 在车中

这回爬上乌拉尔的高冈，哈哈，
紫色的黄昏罩，三千里路的松林！
这边是亚细亚，那边是欧罗巴——
巨蟒似的青烟蜒，蜒上了乌拉山顶。

回望你那从来处的东——啊东方！
那一顶没有颜色的睡帽——西伯利亚，
深林住一个焦黄的老儿头——啊老黄，
你睡够了啊，为甚么老是这欠哈?

再看那欧罗巴：堪怜的破罗马
拿破仑的铁蹄，威廉皇的炮弹花；
莱因河①边的青□②：一个折烂了的玩偶□③家！
阿尔帕斯的白雪，啊，莫斯科的红霞！

①通译"莱茵河"。
②③原文缺字。

# 西伯利亚

西伯利亚：——我早年时想象

你不是受上天恩情的地域：

荒凉，严肃，不可比况的冷酷。

在冻雾里，在无边的雪地里，

有局促的生灵们，半像鬼，枯瘦，

黑面目，佝偻，默无声的工作。

在他们，这地面是寒冰的地狱，

天空不留一丝霞采的希冀，

更不问人事的恩情，人情的旖[①]，

这是为怨郁的人间淤藏怨郁，

茫茫的白雪里渲染人道的鲜血，

西伯利亚，你象征的是恐怖，荒虚。

但今天，我面对这异样的风光——

不是荒原，这春夏间的西伯利亚，

更不见严冬时的坚冰，枯枝，寒鸦；

在这乌拉尔东来的草田，茂旺，葱秀，

牛马的乐园，几千里无际的绿洲，

更有那重叠的森林，赤松与白杨，

灌属的小丛林，手挽手的滋长；

那赤皮松，像巨万赭衣的战士，

森森的，悄悄的，等待冲锋的号示，

那白杨，婀娜的多姿，最是那树皮，

白如霜，依稀林中仙女们的轻衣；

就这天——这天也不是寻常的开朗：

看，蓝空中往来的是轻快的仙航，——

那不是云彩，那是天神们的微笑，

琼花似的幻化在这圆穹的周遭……

# 西伯利亚道中忆西湖秋雪庵芦色作歌

我检起一枝肥圆的芦梗，
　　在这秋月下的芦田；
我试一试芦笛的新声，
　　在月下的秋雪庵前。

这秋月是纷飞的碎玉，
　　芦田是神仙的别殿；
我弄一弄芦管的幽乐——
　　我映影在秋雪庵前。

我先吹我心中的欢喜——
　　清风吹露芦雪的酥胸；
我再弄我欢喜的心机——
　　芦田中见万点的飞萤。

我记起了我生平的惆怅，
　　中怀不禁一阵的凄迷，
笛韵中也听出了新来凄凉——

近水间有断续的蛙啼。

这时候芦雪在明月下翻舞，
　　我暗地思量人生的奥妙，
我正想谱一折人生的新歌，
　　啊，那芦笛（碎了）再不成音调！

这秋月是缤纷的碎玉，
　　芦田是仙家的别殿；
我弄一弄芦管的幽乐，——
　　我映影在秋雪庵前。

我检起一枝肥圆的芦梗，
　　在这秋月下的芦田；
我试一试芦笛的新声，
　　在月下的秋雪庵前。

# 在哀克刹脱（Exeter①）教堂前

这是我自己的身影，今晚间

　　倒映在异乡教宇的前庭，——

一座冷峭峭森严的大殿，

　　一个峭阴阴孤耸的身影。

我对着寺前的雕像发问：

　　"是谁负责这离奇的人生？"

老朽的雕像瞅着我发愣，

　　仿佛怪嫌这离奇的疑问。

我又转问那冷郁郁的大星，

　　它正升起在这教堂的后背；

但它答我以嘲讽似的迷瞬，——

　　在星光下相对，我与我的迷谜！

这时间我身旁的那颗老树，

① Exeter，今译埃克塞特，英国英格兰德文郡首府，英国历史名城之一，诺罗大教堂为 13 世纪之物。

他荫蔽着战迹碑下的无辜，
幽幽的叹一声长气，像是
　　凄凉的空院里凄凉的秋雨。


他至少有百余年的经验，
　　人间的变幻他什么都见过；
生命的顽皮他也曾计数；
　　春夏间汹汹，冬季里婆婆。


他认识这镇上最老的前辈，
　　看他们受洗，长黄毛的婴孩；
看他们配偶，也在这教门内，——
　　最后看他们名字上墓碑！


这半悲惨的趣剧他早经看厌，
　　他自身臃肿的残余更不沾恋，
因此他与我同心，发一阵叹息——
　　啊！我身影边平添了斑斑的落叶！

# 车眺

一

我不能不赞美
这向晚的五月天；
怀抱着云和树
那些玲珑的水田。

二

白云穿掠着晴空，
像仙岛上的白燕！
晚霞正照着它们，
白羽镶上了金边。

三

背着轻快的晚凉，
牛，放了工，呆着做梦；
孩童们在一边蹲；
想上牛背，美，逞英雄！

## 四

在绵密的树荫下，

有流水，有白石的桥，

桥洞下早来了黑夜，

流水里有星在闪耀。

## 五

绿是豆畦，阴是桑树林，

幽郁是溪水傍的草丛，

静是这黄昏时的田景，

但你听，草虫们的飞动！

## 六

月亮在昏黄里上妆，

太阳心慌的向天边跑；

他怕见她，他怕她见，——

怕她见笑一脸的红糟！

# 石虎胡同七号

我们的小园庭，有时荡漾着无限温柔；
善笑的藤娘，袒酥怀任团团的柿掌绸缪，
百尺的槐翁，在微风中俯身将棠姑抱搂，
黄狗在篱边，守候睡熟的珀儿，他的小友，
小雀儿新制求婚的艳曲，在媚唱无休——
我们的小园庭，有时荡漾着无限温柔。

我们的小园庭，有时淡描着依稀的梦景；
雨过的苍茫与满庭荫绿，织成无声幽暝，
小蛙独坐在残兰的胸前，听隔院蚓鸣，
一片化不尽的雨云，倦展在老槐树顶，
掠檐前作圆形的舞旋，是蝙蝠，还是蜻蜓？——
我们的小园庭，有时淡描着依稀的梦景。

我们的小园庭，有时轻喟着一声奈何；
奈何在暴雨时，雨捶下捣烂鲜红无数，
奈何在新秋时，未凋的青叶惆怅地辞树，
奈何在深夜里，月儿乘云艇归去，西墙已度，远巷薤露的乐音，一阵阵被冷风吹过——
我们的小园庭，有时轻喟着一声奈何。

我们的小园庭，有时沉浸在快乐之中；
雨后的黄昏，满院只美荫，清香与凉风，
大量的蹇翁，巨樽在手，蹇足直指天空，
一斤，两斤，杯底喝尽，满怀酒欢，满面酒红，
连珠的笑声中，浮沉着神仙似的酒翁——
我们的小园庭，有时沉浸在快乐之中。

# 雷峰塔（杭白）

那首是白娘娘的古墓

（划船的手指着野草深处）；

客人，你知道西湖上的佳话，

白娘娘是个多情的妖魔。


她为了多情，反而受苦，

爱了个没出息的许仙，她的情夫；

他听信了一个和尚，一时的糊涂，

拿一个钵盂，把他妻子的原形罩住。


到今朝已有千把年的光景，

可怜她被镇压在雷峰塔底，——

一座残败的古塔，凄凉地，

庄严地，独自在南屏的晚钟声里！

# 再不见雷峰

再不见雷峰，雷峰坍成了一座大荒冢，

　　顶上有不少交抱的青葱；

　　顶上有不少交抱的青葱，

再不见雷峰，雷峰坍成了一座大荒冢。


为什么感慨，对着这光阴应分的摧残？

　　世上多的是不应分的变态；

　　世上多的是不应分的变态，

发什么感慨，对着这光阴应分的摧残？


为什么感慨：这塔是镇压，这坟是掩埋，

　　镇压还不如掩埋来得痛快！

　　镇压还不如掩埋来得痛快，

发什么感慨：这塔是镇压，这坟是掩埋。

再没有雷峰，雷峰从此掩埋在人的记忆中：

　　像曾经的幻梦，曾经的爱宠；

　　像曾经的幻梦，曾经的爱宠，

再没有雷峰，雷峰从此掩埋在人的记忆中。

# 常州天宁寺
# 闻礼忏声

有如在火一般可爱的阳光里，偃卧在长梗的，杂乱的丛草
　　里，听初夏第一声的鹧鸪，从天边直响入云中，从云中
　　又回响到天边；

有如在月夜的沙漠里，月光温柔的手指，轻轻的抚摩着一
　　颗颗热伤了的砂砾，在鹅绒般软滑的热带的空气里，听
　　一个骆驼的铃声，轻灵的，轻灵的，在远处响着，近
　　了，近了，又远了……

有如在一个荒凉的山谷里，大胆的黄昏星，独自临照着阳
　　光死去了的宇宙，野草与野树默默的祈祷着，听一个瞎
　　子，手扶着一个幼童，铛的一响算命锣，在这黑沉沉的
　　世界里回响着；

有如在大海里的一块礁石上，浪涛像猛虎般的狂扑着，天
　　空紧紧的绷着黑云的厚幕，听大海向那威吓着的风暴，
　　低声的，柔声的，忏悔他一切的罪恶；

有如在喜马拉雅的顶巅，听天外的风，追赶着天外的云的
　　急步声，在无数雪亮的山壑间回响着；

有如在生命的舞台的幕背，听空虚的笑声，失望与痛苦的
　　呼吁声，残杀与淫暴的狂欢声，厌世与自杀的悲歌声，

在生命的舞台上合奏着。

我听着了天宁寺的礼忏声！

这是那里来的神明？人间再没有这样的境界！

这鼓一声，钟一声，磬一声，木鱼一声，佛号一声……
　　乐音在大殿里，迂缓的，曼①长的回荡着，无数冲突的
　　波流谐合了，无数相反的色彩净化了，无数现世的高低
　　消灭了……
这一声佛号，一声钟，一声鼓，一声木鱼，一声磬，谐音
　　盘礴在宇宙间——解开一小颗时间的埃尘，收束了无量
　　数世纪的因果；

这是那里来的大和谐——星海里的光彩，大千世界的音
　　籁，真生命的洪流：止息了一切的动，一切的扰攘；

①同"漫"。

在天地的尽头，在金漆的殿橼间，在佛像的眉宇间，在
　我的衣袖里，在耳鬓边，在官感里，在心灵里，在
　梦里……

在梦里，这一瞥间的显示，青天，白水，绿草，慈母温软
　的胸怀，是故乡吗？是故乡吗？

光明的翅羽，在无极中飞舞！

大圆觉底里流出的欢喜，在伟大的，庄严的，寂灭的，无
　疆的，和谐的静定中实现了！

颂美呀，涅槃！赞美呀，涅槃！

# 醒！醒！

和蔼的春光，

充满了鸳鸯的池塘；

快辞别寂寞的梦乡

来和我摸一会鱼儿，折一枝海棠。

# 庐山小诗两首

### 一、朝雾里的小草花

这岂是偶然，小玲珑的野花！
　　你轻含着闪亮的珍珠
　　像是慕光明的花蛾，
在黑暗里想念着焰彩晴霞；

我此时在这蔓草丛中过路，
　　无端的内感惆怅与惊讶，
　　在这迷雾里，在这岩壁下，
思忖着泪怦怦的，人生与鲜露？

## 二、山中大雾看景

这一瞬息的展露——

　　是山雾，

　　是台幕！

这一转瞬的沉闷，

　　是云蒸，

　　是人生？


　　那分明是山，水，田，庐；

　　又分明是悲，欢，喜，怒：

啊，这眼前刹那间的开朗——

我仿佛感悟了造化的无常！

# 五老峰

不可摇撼的神奇，
　　　　不容注视的威严，
这耸峙，这横蟠，
　　　　这不可攀援的峻险！
看！那巉岩缺处
　　　　透露着天，窈远的苍天，
在无限广博的怀抱间，
　　　　这磅礴的伟象显现！

是谁的意境，是谁的想象？
　　　　是谁的工程与搏造的手痕？
在这亘古的空灵中，
　　　　陵慢着天风，天体与天氛！
有时朵朵明媚的彩云，
　　　　轻颤的，妆缀着老人们的苍鬓，
像一树虬干的古梅在月下
　　　　吐露了艳色鲜葩的清芬！

山麓前伐木的村童，

　　　　在山涧的清流中洗濯，呼啸，

认识老人们的嗔謈，

　　　　迷雾海沫似的喷涌，铺罩，

淹没了谷内的青林，

　　　　隔绝了鄱阳的水色袅淼，

陡壁前闪亮着火电，听呀！

　　　　五老们在渺茫的雾海外狂笑！


朝霞照他们的前胸，

　　　　晚霞戏逗着他们赤秃的头颅；

黄昏时，听异鸟的欢呼，

　　　　在他们鸠盘的肩旁怯怯的透露

不昧的星光与月彩：

　　　　柔波里缓泛着的小艇与轻舸。

听呀！在海会静穆的钟声里，

　　　　有朝山人在落叶林中过路！

更无有人事的虚荣，

　　　　更无有尘世的仓促与噩梦，

灵魂！记取这从容与伟大，

　　　　在五老峰前饱啜自由的山风！

这不是山峰，这是古圣人的祈祷，

　　　　凝聚成这"冻乐"似的建筑神工，

给人间一个不朽的凭证——

　　　　一个"崛强的疑问"在无极的蓝空！

# 自然与人生

风，雨，山岳的震怒：

　　猛进，猛进！

显你们的猖獗，暴烈，威武；

　　霹雳是你们的酣叫，

　　雷震是你们的军鼓——

万丈的峰峦在涌汹的战阵里

　　失色，动摇，颠播[①]；

　　猛进，猛进！

这黑沉沉的下界，是你们的俘虏！

壮观！仿佛跳出了人生的关塞，

凭着智慧的明辉，回看

这伟大的悲惨的趣剧，在时空

无际的舞台上，更番的演着：——

我驻足在岱岳顶巅，

在阳光朗照着的顶巅，俯看山腰里

蜂起的云潮敛着，叠着，渐缓的

[①]同"颠簸"。

淹没了眼下的青峦与幽壑：
霎时的开始了。骇人的工作。


风，雨，雷霆，山岳的震怒——
　　猛进，猛进!
矫捷的，猛烈的：吼着，打击着，咆哮着；
烈情的火焰，在层云中狂窜：
恋爱，嫉妒，咒诅，嘲讽，报复，牺牲，烦闷，
　　疯犬似的跳着，追着，噪着，咬着，
毒蟒似的绞着，翻着，扫着，舐着——
　　猛进，猛进!
狂风，暴雨，电闪，雷霆：
　　烈情与人生!


静了，静了——
不见了晦盲的云罗与雾锢，
只有轻纱似的浮沤，在透明的晴空，
冉冉的飞升，冉冉的翳隐，

像是白羽的安琪，捷报天庭。

静了，静了——
眼前消失了战阵的幻景，
回复了幽谷与冈峦与森林，
青葱，凝静，芳馨，像一个浴罢的处女，
忸怩的无言，默默的自怜。

变幻的自然，变幻的人生，
瞬息的转变，暴烈与和平，
刿心的惨剧与怡神的宁静：——
谁是主，谁是宾，谁幻复谁真?
莫非是造化儿的诙谐与游戏，
恣意的反覆着涕泪与欢喜，
厄难与幸运，娱乐他的冷酷的心，
与我在云外看雷阵，一般的无情?

# 乡村里的音籁

小舟在垂柳荫间缓泛——
　　一阵阵初秋的凉风，
　　吹生了水面的漪绒，
吹来两岸乡村里的音籁。

我独自凭着船窗闲憩，
　　静看着一河的波幻，
　　静听着远近的音籁，
又一度与童年的情景默契！

这是清脆的稚儿的呼唤，
　　田场上工作纷纭，
　　竹篱边犬吠鸡鸣，
但这无端的悲感与凄惋！

白云在蓝天里飞行，
　　我欲把恼人的年岁，
　　我欲把恼人的情爱，

托付与无涯的空灵——消泯！

回复我纯朴的，美丽的童心：
　　像山谷里的冷泉一勺，
　　像晓风里的白头乳鹊，
像池畔的草花，自然的鲜明。

# 清风吹断春朝梦

片片鹅绒眼前纷舞，
　　疑是梅心蝶骨醉春风；
一阵阵残琴碎箫鼓，
　　依稀山风催瀑弄青松；

梦底的幽情，素心，
飘渺的梦魂，梦境，——

　　都教晓鸟声里的清风，
　　轻轻吹拂——吹拂我枕衾，
　　枕上的温存——，将春梦解成
　　丝丝缕缕，零落的颜色声音！
　　这些深灰浅紫，梦魂的认识，
　　依然黏恋在梦上的边陲，
　　无如风吹尘起，漫漶梦屐，
　　纵心愿归去，也难不见涂踪便[①]；

①疑多"便"字。

清风！你来自青林幽谷，
　　款布自然的音乐，
　　轻怀草意和花香，
　　温慰诗人的幽独，
　　攀帘问小姑无恙，
　　知否你晨来呼唤，
　　唤散，缘绻缱——
　　梦里深浓的恩缘！
　　任春朝富的温柔，
　　问谁偿逍遥自由？
只看一般梦意阑珊，——
诗心，恋魂，理想的彩云，——
一似狼藉春阴的玫瑰，
一似鹃鸟黎明的幽叹，
韵断香散，仰望天高云远，
梦翅双飞，一逝不复还！

# 草上的露珠儿

草上的露珠儿
　　颗颗是透明的水晶球，
新归来的燕儿
　　在旧巢里呢喃个不休；

诗人哟！可不是春至人间
　　　　还不开放你
　　　　创造的喷泉，
嘻嘻！吐不尽南山北山的璠瑜，
　　洒不完东海西海的琼珠，
　　融和琴瑟箫笙的音韵，
　　饮餐星辰日月的光明！
诗人哟！可不是春在人间
　　　　还不开放你
　　　　创造的喷泉！

这一声霹雳
　　震破了漫天的云雾，

显焕的旭日

    又升临在黄金的宝座；

柔软的南风

    吹绉①了大海慷慨的面容，

洁白的海鸥

    上穿云下没波自在优游；


诗人哟！可不是趁航的时候，

        还不准备你

        歌吟的渔舟！

看哟！那白浪里

        金翅的海鲤，

        白嫩的长鲵，

        虾须和蟛脐②！

快哟！一头撒网一头放钩，

        收！    收！


①同"皱"。

②疑作"蜞"。

你父母妻儿亲戚朋友
　　享定了希世的珍馐。
诗人哟！可不是趁航时候，
　　还不准备你
　　歌吟的渔舟！


诗人哟！
　　你是时代精神的先觉者哟！
　　你是思想艺术的集成者哟！
　　你是人天之际的创造者哟！
　　你资材是河海风云，
　　鸟兽花草神鬼蝇蚊，
　　一言以蔽之：天文地文人文；


你的洪炉是"印曼桀乃欣"，
永生的火焰"烟士披里纯"，
炼制着诗化美化灿烂的鸿钧；

你是高高在上的云雀天鹨，
纵横四海不问今古春秋，
散布着希世的音乐锦绣；

你是精神困穷的慈善翁，
你展览真善美的万丈虹，
你居住在真生命的最高峰！

# 春

河水在夕照里缓流，
幕①霞胶抹树干树头；
蚱蜢飞，蚱蜢戏吻草尖尖，
我在春草里看看走走。

蚱蜢匐伏在钱花胸前，
钱花羞得不住的摇头，
草里忽伸出只藕嫩的手，
将孟浪的跳虫拦腰紧拶。

金花菜，银花菜，星星澜澜，
点缀着天然温暖的青毡，
青毡上青年的情偶，
情意胶胶，情话啾啾。

我点头微笑，南向前走，
观赏这青透春透的围圃，

① 疑作"暮"。

树尽交柯，草也骈偶，
到处是缱绻，是绸缪。

雀儿在人前猥盼亵语，
人在草处心欢面赧，
我羡他们的双双对对，
有谁羡我孤独的徘徊？

孤独的徘徊！
我心头何尝不热奋震颤，
答应这青春的呼唤，
燃点着希望灿灿，
春呀！你在我怀抱中也！

# 春的投生

昨晚上，
再前一晚也是的，
在雷雨的猖狂中
春
　　投生入残冬的尸体。

不觉得脚下的松软，
耳鬓间的温驯吗？
树枝上浮着青，
潭里的水漾成无限的缠绵；
再有你我肢体上
胸膛间的异样的跳动；

桃花早已开上你的脸，
我在更敏锐的消受
你的媚，吞咽
你的连珠的笑；
你不觉得我的手臂

更迫切的要求你的腰身，
我的呼吸投射到你的身上
如同万千的飞萤投向光焰？

这些，还有别的许多说不尽的，
和着鸟雀们的热情的回荡，
都在手携手的赞美着
春的投生。

# 夏日田间即景

## （近沙士顿）

柳条青青，

南风薰薰，

幻化奇峰瑶岛

一天的黄云白云，

那边麦浪中间，

有农妇笑语殷殷。

笑语殷殷——

问后园豌豆肥否，

问杨梅可有鸟来偷；

好几天不下雨了，

玫瑰花还未曾红透；

梅夫人今天进城去，

且看她有新闻无有。

笑语殷殷——

"我们家的如今好了，

已经照常上工去，

不再整天的无聊，

不再逞酒使气，

回家来有说有笑，

疼他儿女——爱他的妻；

呀！真巧！你看那边，

蓬着头，走来的，笑嘻嘻，

可不是他，（哈哈！）满身是泥！"

南风薰薰，

草木青青，

满地和暖的阳光，

满天的白云黄云，

那边麦浪中间，

有农夫农妇，笑语殷殷。

# 私语

秋雨在一流清冷的秋水池，

一棵憔悴的秋柳里，

一条怯怜的秋枝上，

一片将黄未黄的秋叶上，

听他亲亲切切喁喁唼唼，

私语三秋的情思情事，情语（诗）情节，

临了轻轻将他拂落在秋水秋波的秋晕里，

一涡半转，跟着秋流去。

这秋雨的私语，三秋的情思情事，情诗情节，

也掉落在秋水秋波的秋晕里，

一涡半转，跟着秋流去。

# 花牛歌

花牛在草地里坐
压扁了一穗剪秋萝

花牛在草地里眠
白云霸占了半个天

花牛在草地里走
小尾巴甩得滴溜溜

花牛在草地里做梦
太阳偷度了西山的青峰

# 雀儿，雀儿

雀儿，雀儿，
你进我的门儿，
你又想出我的门儿。
嘭呀，嘭呀，
玻璃老碰你的头儿！
……

屋子里阴凉，
院子里有太阳。
屋子里就有我——你不爱；
院子里有的是，
你的姊姊妹妹好朋友！

我张开一双手儿，
叫一声雀儿雀儿；
我愿意做你的妈，
你做我乖乖的儿。

每天吃茶的时候，
我喂你碎饼干儿。
回头我们俩睡一床，
一同到甜甜的梦里去，
唱一个新鲜的歌儿。

# 雁儿们

雁儿们在云空里飞，
　　　看她们的翅膀，
　　　看她们的翅膀，
有时候纡回，
　　　有时候匆忙。

雁儿们在云空里飞，
　　　晚霞在她们身上，
　　　晚霞在她们身上，
有时候银辉，
　　　有时候金芒。

雁儿们在云空里飞，
　　　听她们的歌唱！
　　　听她们的歌唱！
有时候伤悲，
　　　有时候欢畅。

雁儿们在云空里飞，
　　　为什么翱翔？
　　　为什么翱翔？
她们少不少旅伴？
她们有没有家乡？

雁儿们在云空里彷徨，
　　　天地就快昏黑！
　　　天地就快昏黑！
前途再没有天光，
孩子们往那儿飞？

天地在昏黑里安睡，
　　　昏黑迷住了山林，
　　　昏黑催眠了海水；
这时候有谁在倾听
昏黑里泛起的伤悲。

# 八月的太阳

八月天的太阳晒得黄黄的，
谁说这世界不是黄金？

小雀儿在树荫里打盹，
孩子们在草地里打滚。

八月天的太阳晒得黄黄的，
谁说这世界不是黄金？

金黄的树林，金黄的草地，
小雀儿们合奏着欢畅的清音；

金黄的茅舍，金黄的麦屯，
金黄是老农们的笑声。

# 秋阳

这秋阳——他仿佛叫你想起什么。一个老友的笑容或是你故乡的山水。你看他多镇静，多自在，多可亲爱，在半枯的草地上躺着，在斑驳的树枝上挂着，在水面浮着。

你直想伸手去把他掏些在掌心里，朵着嘴去亲他一口。

要是你是一颗露水，低低的蹲在草瓣上，他就从东边的树荫里窜过来，一口噙住了你，叫你一肚子透明的思想显得分外透明。

要是你是一只长脊背的翠鸟翘着尾巴，从湖的这边飞掠到湖的那一边，（他）就从水面上跳起来在你的羽毛上飞快的印下几颗闪亮的金星。

不错，他是一个有心思有恩情的——好朋友。他不嫌农家的稻草，他一样摩挲长得不丰绽的鲜果。他想法儿去拜会你阁楼上的破旧零星。

你一个人坐在屋子里沉思的时候，他隔着窗户在跨着墙的青藤上含着最甜密①的微笑望着你，意思说："别愁，朋友，有我在陪着你哪。"

月亮也是有恩情的，但他的更来得殷勤，又好在不露痕迹。他不是派一个戴银帽的当差高高的擎着片子说某人送札来了的那一套，他来就来了，不铺张的，也不让你觉得他轻盈的脚步，也不让你欠

① 同"蜜"

身起来让坐。

真的，他来就来了，拿着满满的一团温暖给揾在你的脸上，安在你的手上，窝在你的心里。

"留着，别让，"他仿佛说，"这是你的，咱们家里有着哪！"

在花丛里寻香的蝴蝶，懂得他的无限的柔媚。你别淌眼泪，他要你窝在心里，留着……

# 默境

我友，记否那西山的黄昏，
钝氲里透出的紫霭红晕，
漠沉沉，黄沙弥望，恨不能
登山顶，饱餐西陲的菁英，
全仗你吊古殷勤，趋别院，
度边门，惊起了卧犬狰狞，
墓庭的光景，却别是一味
苍凉，别是一番苍凉境地：
我手剔生苔碑碣，看冢里
僧骸是何年何代，你轻踹
生苔庭砖，细数松针几枚；
不期间彼此缄默的相对，
僵立在寂静的墓庭墙外，
同化于自然的宁静，默辨
静里深蕴着普遍的义韵；
我注目在墙畔一穗枯草，
听邻庵经声，听风抱树梢，
听落叶，冻鸟零落的音调，

心定如不波的湖，却又教
连珠似的潜思泛破，神凝
如千年僧骸的尘埃，却又
被静的底里的热焰熏点；

我友，感否这柔韧的静里，
蕴有钢似的迷力，满充着
悲哀的况味，阐悟的几微，
此中不分春秋，不辨古今，
生命即寂灭，寂灭即生命，
在这无终始的洪流之中，
难得素心人钢然共游泳；
纵使阐不透这凄伟的静，
我也怀抱了这静中涵濡，
温柔的心灵；我便化野鸟
飞去，翅羽上也永远染了
欢欣的光明，我便向深山
去隐，也难忘你游目云天，

游神象外的 Transfiguration[1]。

我友！知否你妙目——漆黑的
圆睛——放射的神辉，照彻了
我灵府的奥隐，恍如昏夜
行旅，骤得了明灯，刹那间
周遭转换，涌现了无量数
理想的楼台，更不见墓园
风色，再不闻衰冬吁喟，但
见玫瑰丛中，青春的舞蹈
与欢容，只闻歌颂青春的
谐乐与欢惊；——
　　　　　　轻捷的步履，
你永向前领，欢乐的光明，
你永向前引：我是个崇拜
青春、欢乐与光明的灵魂。

[1]变形、容光焕发的意思

# 破庙

慌张的急雨将我
赶入了黑丛丛的山坳，
迫近我头顶在腾拿，
恶狠狠的乌龙巨爪；
枣树兀兀的隐蔽着
一座静悄悄的破庙，
我满身的雨点雨块，
躲进了昏沉沉的破庙；

雷雨越发来得大了：
霍隆隆半天里霹雳，
豁喇喇林叶树根苗，
山谷山石，一齐怒号，
千万条的金剪金蛇，
飞入阴森森的破庙，
我浑身战抖，趁电光
估量这冷冰冰的破庙；

我禁不住大声喊叫；
电光火把似的照耀，
照出我身旁神龛里
一个青面狞笑的神道，
电光去了，霹雳又到，
不见了狞笑的神道，
硬雨石块似的倒泻——
我独身藏躲在破庙；

千年万年应该过了！
只觉得浑身的毛窍，
只听得骇人的怪叫，
只记得那凶恶的神道，
忘了我现在的破庙；
好容易雨收了，雷休了，
血红的太阳，满天照耀，
照出一个我，一座破庙！

# 临摹页

我不能不赞美，这向晚的五月天；

怀抱着云和树，那些玲珑的水田。

白云穿掠着晴空，像仙岛上的白燕！

晚霞正照着它们，白羽镶上了金边。

——车眺

**图书在版编目（CIP）数据**

万幸得以相逢：徐志摩的诗 / 徐志摩著 . -- 长沙：
湖南文艺出版社，2019.6
ISBN 978-7-5404-9176-5

Ⅰ.①万… Ⅱ.①徐… Ⅲ.①诗集—中国—现代
Ⅳ.① I226

中国版本图书馆 CIP 数据核字（2019）第 067401 号

上架建议：名家经典·文学

WANXING DEYI XIANGFENG：XU ZHIMO DE SHI
# 万幸得以相逢：徐志摩的诗

作　　者：徐志摩
出 版 人：曾赛丰
责任编辑：薛　健　刘诗哲
监　　制：蔡明菲　邢越超
策划编辑：王　维　刘　筝
特约编辑：李美怡
营销支持：文刀刀　傅婷婷　周　茜
版式设计：利　锐
封面设计：熊　琼
封面插图：熊　琼
出版发行：湖南文艺出版社
　　　　　（长沙市雨花区东二环一段 508 号 邮编：410014）
网　　址：www.hnwy.net
印　　刷：北京中科印刷有限公司
经　　销：新华书店
开　　本：880mm×1270mm　1/32
字　　数：204 千字
印　　张：8.5
版　　次：2019 年 6 月第 1 版
印　　次：2019 年 6 月第 1 次印刷
书　　号：ISBN 978-7-5404-9176-5
定　　价：48.00 元

若有质量问题，请致电质量监督电话：010-59096394
团购电话：010-59320018